小学生经典名著阅读课程化系列

世界经典神话与传说故事

张欣瑜／主编
黄　伟／译

北京出版集团
北京教育出版社

图书在版编目（CIP）数据

世界经典神话与传说故事 / 张欣瑜主编 ；黄伟译.
北京 ：北京教育出版社，2025.6. --（小学生经典名著阅读课程化系列）. -- ISBN 978-7-5704-5388-7

Ⅰ. I17

中国国家版本馆CIP数据核字第2025GW1982号

小学生经典名著阅读课程化系列

世界经典神话与传说故事

张欣瑜 / 主编
黄　伟 / 译

*

北京出版集团
北京教育出版社　出版
（北京北三环中路6号）
邮政编码：100120

网址：www.bph.com.cn
北京出版集团总发行
全国各地书店经销
三河市嘉科万达彩色印刷有限公司印刷

*

710mm × 980mm　16开本　10印张　100千字
2025年6月第1版　2025年6月第1次印刷

ISBN 978-7-5704-5388-7
定价：32.80元

质量监督电话：（010）58572823　58572393
如有印装质量问题，由本社负责调换

名师教你整本书阅读策略

阅读策略是基于一定的阅读目的，用来提高阅读效果的阅读技巧和方法。掌握阅读策略，不仅是语文教材对学生的要求，也是读者能快速提高阅读能力的关键。为让读者更好地阅读和使用本书，我们为读者提供了以下几点策略：

一 进行合理的预测

预测就是指根据现有信息对文章中人物命运的发展、情节的变化、故事的结局等进行合理的推测，并在之后的阅读中对自己的预测进行验证。预测是没有绝对的对错之分的，我们可以在寻求验证的过程中不断修改自己的预测。在预测时，我们不能毫无根据地想象，应该有一定的依据。

1. 针对书名或篇名预测

无论是一本书的书名还是一篇文章的篇名，常常体现着整个文本的主旨，所以我们可以根据书名或者篇名来预测文本的主要内容。

2. 联系生活经验预测

有时候，我们还可以根据自己的生活经验来预测后文的发展情况。这样的预测依据来源于生活，有利于我们将所读文本与生活实际相联系，从而加深对文本内容的理解。

3. 联系上下文，根据关键句或者文字细节预测

文章中一些关键的语句和细节也会暗示故事的发展，当读到这些关键地方时，我们可以先弄懂作者暗藏的意思，然后根据暗

示的方向对后文进行预测。如《神笔马良》中，当读到开头部分马良说的“为什么穷孩子不能拿笔，连画也不能学呢？我就是要学画画！”时，我们可以预测：如果马良真的得到了一支神笔，他应该会十分珍惜，并用这支神笔帮助穷苦的老百姓改变命运。

二 提问，让思考伴随阅读

提问的过程就是一个思考的过程。学会对文本进行提问，并从中寻找答案，可以提高自己的阅读能力。

提问的方向不是单一的，我们可以从文本内容、写作手法、启示等不同角度来提问。如在读《爱的教育》一书时，我们可以针对写作手法提问：作者用第一人称，从儿童的视角来描述故事，对作品的呈现有什么好处？

提问可以针对全文，也可以针对文本的部分内容。如读到《爱丽丝漫游奇境》中爱丽丝想安慰老鼠却不愿意说自己不喜欢猫的情节时，我们可以提问：爱丽丝为什么不愿意说自己不喜欢猫呢？

我们可以将自己在阅读中所提的问题写在一张卡片上，并在阅读后对卡片上的问题进行总结，看看哪些问题引导你对文本有了更深入的理解，哪些问题引发了你对书中内容其他方向的思考，哪些问题没有固定的答案……从而锻炼自己提问和思考的能力。

三 整合信息，让阅读更有条理

整合信息就是将书中看似散乱无序的信息整理为有逻辑、有顺序的系统化的信息，这是学生需要锻炼的重要能力之一。整合信息能力的培养有一个从易到难的过程，即从提取单一信息到提取多个信息，然后进行比较、整理，并做出解释。

1. 根据关键词句概括一段话的大意

关键词句往往包含着文本的线索，或者表现着作者的思想感情和文本的中心思想。要概括一段话的大意，我们可以先找到本段的关键词句，通过理解关键词句的意思来概括。如《稻草人》中有这样一段话：

> 稻草人非常尽责任。要是拿牛跟他比，牛比他懒怠多了，有时躺在地上，抬起头看天；要是拿狗跟他比，狗比他顽皮多了，有时到处乱跑，累得主人四外去找寻。他从来不嫌烦，像牛那样躺着看天；也从来不贪玩，像狗那样到处乱跑。他安安静静地看着田地，手里的扇子轻轻摇动，赶走那些飞来的小雀，他们是来吃新结的稻穗的。他不吃饭，也不睡觉，就是坐下歇一歇也不肯，总是直挺挺地站在那里。

这段话比较长，但只要找到关键句“稻草人非常尽责任”，我们就可以知道这段文字主要是说稻草人很有责任心。

2. 关注主要人物和事件，获得文本线索

小学生所阅读的书籍多数是由主人公和事件等要素组成的。找到书里的主要人物，弄清围绕主要人物发生了什么事情，通过整理这些内容，可以有方向、有目标地处理自己在阅读过程中获得的信息，摒弃掉不重要的描写，从而获得一条简洁、有条理的文本线索。

3. 把握文本主要内容，复述情节

在学会把握整本书的内容后，我们可以试着锻炼自己复述情节的能力。复述情节可以分为两个阶段。第一个阶段只需简要复述，将自己看过的书本的内容，经过信息整理后，用自己的语言把大致内容复述出来。第二个阶段要求创造性复述，要求学生结合自己的理解复述内容。创造性复述情节的形式多样，可以口头叙述，可以改编成剧本并表演，可以写成演讲稿并组织演讲活动，等等。

4. 注意梳理信息，把握内容要点

在阅读过程中，我们可以尝试概括出所读内容的要点、框架和故事梗概，或者写出某一章节的提要和基本内容，这样有助于培养我们的概括能力和表达能力。

5. 对印象深刻的人物和情节进行交流

语文学习的目的是与人沟通交流，阅读也是如此。阅读所得也可以拿来与别人进行交流，如可以联系生活实际，对书本中印象深刻的人物和情节进行交流。交流形式可以选择座谈会、辩论赛等。

四 找出主旨和重点是阅读的关键

语文教材十分重视学生对人文主题的感悟，包括引导学生体会和感受课文中蕴含的情感、道理、品质精神、人生态度、价值观等，这是学生在学习中应该学会的一种能力，也就是了解文章的主旨和重点。但是比了解一篇文章的主旨和重点更重要的是要学会怎样去找出文章的主旨和重点。

1. 通过关键词句体会情感

如《灰尘的旅行》中《经济关系》一篇有这样的内容：

> 将来战事一旦结束，人类触目伤心，能不怪我的无情吗？在平时，我本有传染病的罪名；在战时，我又加上帮凶的暴行啊！他们要更加痛恨我了。

这段文字说明战争给细菌提供了传播机会，加快了细菌的传播速度，表达了作者对战争的厌恶之情，体现了一个科学家的人文关怀。

2. 抓住人物语言、动作等细节

如《中国神话故事》中《精卫填海》一文有这样一段描写：

精卫飞翔着，悲鸣着，离开大海，又飞回西山上，衔着石子儿和树枝飞往大海。她往返飞翔，从不休息，直到今天，她还在做着这件事。

作者通过描写精卫“离开”“又飞回”“往返飞翔”等动作和细节，有力地赞美了她顽强执着、锲而不舍的精神。

3. 抓住场景和环境描写

如《安徒生童话》中《卖火柴的小女孩》一文的环境描写：

当太阳升起的时候，已经不是那个悲伤的一年中的最后一夜了，这是新年的第一天，天气暖和起来了。大街上已经有一些人出来走动了。那个卖火柴的小女孩，穿着破破烂烂、光着小脚的小女孩，此时此刻面带微笑地坐在那个冰雪还没有融化的墙角。她的微笑已经被冻僵了，旧年的最后一夜，她在飘飘扬扬的鹅毛大雪中，被冻死在那两幢大房子之间的偏僻的墙角，她全身一片雪白，手上剩下的火柴也是白的。

作者用升起的太阳、新年第一天走动的人们、大房子与冻死的、穿得破破烂烂的小女孩做对比，这样的环境描写进一步强化了主题，表现出贫富差距过大是小女孩死亡的重要原因之一。

4. 结合文本特点

如在阅读科普文《灰尘的旅行》时，不仅要注意科普文的文学特质，还要注意它的说明特质，了解其中所蕴含的科学知识。作者在《土壤革命》一节中讲述了细菌化解死物，为土壤提供养分。在文章结尾，作者写道：

> 而今科学先生和人类大众，若只因一时的气愤，为了我的那些少数不良分子的蛮动，而诅咒我的灭亡，那真是冤屈了我在土壤里的苦心经营。

作者用第一人称的方式讲述关于细菌知识的同时，也告诉我们不要只看到细菌对人类的危害，也要看到它有益的一面，要用客观、科学的态度看待细菌，树立正确的科学观。

以上是我们讲的一些大致的阅读策略和方法，除此之外还有很多阅读方法，但是篇幅有限，不能穷尽，而且每个人的阅读水平、阅读目的不同，所采用的方法也会不同。这还需要同学们在阅读中逐渐摸索，不断钻研，在实践中运用自己所学到的阅读方法，并学会选择更适合自己的阅读方法，从而更有效率地阅读，提升综合运用的能力。

目录

欧洲

亚洲

欧洲

希腊神话诸神

奥林匹斯山是希腊的最高峰，也被称为“神之山”，相传希腊第三代众神就居住在那里。据说那里是世界最美之地，因为那里四季如春，常年百花盛开，蜂飞蝶舞，鸟鸣啾啾。奥林匹斯山上住着十二位主神，他们有着不同的神力和职责。

宙斯是十二主神之首，掌管着宇宙万物，能用可怕的雷电来惩罚神与人。宙斯是提坦神族第二代神王克洛诺斯的儿子。克洛诺斯推翻了父亲——第一代神王天空之神乌拉诺斯而当上了神王，当时愤怒的乌拉诺斯预言克洛诺斯也会被自己的儿子推翻。因此，每当有自己的孩子出生，克洛诺斯就会将其吞掉。宙斯出生后，他的母亲瑞亚把一块石头装扮成婴儿的样子，骗克洛诺斯吞下，救了宙斯的性命。宙斯长大后，用计谋骗父亲喝下了药，让他吐出了自己的兄弟姐妹。后来，宙斯带领着兄弟姐妹打败了父亲克洛诺斯，成了奥林匹斯山的众神之王。

宙斯的妻子——第三代天后赫拉主管婚姻和生育，是女子的保护神。

海神波塞冬是宙斯的弟弟，他统领着海洋和所有海洋生物。一旦有海怪作乱，波塞冬就会拿着三叉戟将其诛杀。

赫斯提是火焰女神和炉灶神，她掌管着人类的家庭事务，是家宅的保护神。

农业和丰收女神得墨忒耳掌管着土地和农田，教会了人类耕种的方法。

战神阿瑞斯是宙斯的儿子，他掌管着战争和战场，总是带来争斗和恐惧。

智慧女神雅典娜是宙斯的女儿，她将绘画、音乐和雕塑的技艺传授给了人类，为人间带来了美和艺术。

阿波罗是宙斯的儿子，他主管光明、医药、诗歌、音乐等，是人类文明的保护神。

狩猎女神阿耳忒弥斯是宙斯的女儿，她掌管着地上所有的荒野和野兽。

阿芙洛狄忒是爱与美之神，她诞生于海洋，拥有迷人的外表。

赫菲斯托斯是火与工匠之神，他负责为众神打造兵器，宙斯的闪电长矛和波塞冬的三叉戟都是他打造的。

赫耳墨斯是商业之神，也是众神的使者，相传他发明了数字、字母等。

在奥林匹斯山上，十二主神都有自己的宫殿，其中最豪华的就是众神之王宙斯的宫殿。当清晨来临时，曙光女神奥罗拉就会将天门打开，放出太阳光。众神迎着第一缕阳光来到宙斯的宫殿，一起度过快乐的时光。宙斯用美味佳肴招待众神，他们兴致勃勃地谈论天地间的事，一同治理世界。有时候，阿波罗会拿出自己的竖琴，奏出悠扬的乐曲。高兴时，众神还会随着音乐声翩翩起舞。当夜幕降临时，黑夜女神诺克斯会点亮天上的繁星，众神才依依不舍地离开宙斯的宫殿，回到自己的宫殿中去。

阅读与写作

此处对众神来到宙斯的宫殿后的活动进行了细致的描写，呈现出一派热闹的景象。

除了十二主神，奥林匹斯山上还有许多神祇，他们帮助十二主神一同管理着世界。忒弥斯是正义女神，她帮助宙斯维持宇宙的治安。彩虹女神伊里斯长着一对翅膀，她负责为众神报信。当宙斯有新的决策时，伊里斯就会把消息传递给其他神，有时候她也会帮助宙斯向人类传递信息。时序三女神掌管着奥林匹斯山的天门，每天早上，她们会打开天门，为阿波罗准备好太阳马车；傍晚，当狩猎女神阿耳忒弥斯打猎归来后，她们会关上天门，用乌云将神界锁住。

此外还有河川神、森林神、山神以及其他各种把世界变得富有生气的神祇。

阅读与感悟

奥林匹斯山的十二主神各司其职，将世界管理得井井有条。每个人都有自己的职责，如果我们都担负起自己的职责，做好自己应该做的事，世界就会井然有序。

被缚的普罗米修斯

普罗米修斯诞生于天地初生之时，他是天父乌拉诺斯和地母盖娅的孙子，他的父亲是被宙斯放逐的巨人提坦神伊阿佩托斯。

那时的天上有自由飞翔的鸟，大地上有肆意奔跑的动物，也有广袤无垠的大海，但是整个世界却显得十分单调。普罗米修斯在肥沃的土地上挖了一些土，用河水将土和成泥，又按照神的样子捏出了人形。同时，他又从各种动物中汲取了不同的品质，比如狮子的勇猛、狗的忠诚、狐狸的狡猾、兔子的胆怯等。他把这些品质糅合在一起，往每个泥人的身体中注入一部分。这样一来，他们便可以像动物一样活动了。但是他们还只是具有一半生命的人，因为他们还缺少灵气。

于是，智慧女神雅典娜把具有活力的神的气息吹进了他们口中，他们便有了灵魂，成了真正的人类。

人类诞生之初，不知道该如何运用自己的四肢和头脑在自然界中生存，只是在大地上漫无目的地游走，过着浑浑噩噩的生活。

于是，普罗米修斯又教人类如何根据日月星辰运行的规律来计算时间，教他们用语言和文字来表达自己的想法，教他们驯服动物、建造房屋、治疗疾病、勘探矿产……总之，普罗米修斯尽了自己最大的努力，使人类的生活变得更加美好。

天神宙斯想要统治普罗米修斯创造的人类，他命令人类向他献祭，作为他保护人类的报酬。这对于人类来说十分苛刻，刚刚学会驯养动物的人类根本拿不出多少祭品来。

为了帮助人类，普罗米修斯试图在祭品上欺瞒宙斯。

但这个办法没有成功，反而激怒了宙斯，他决定惩罚人类和普罗米修斯，他拒绝向人类提供实现文明所需的最后一物——火。

然而，这根本难不倒聪明的普罗米修斯，他拿了一根长长的茴香枝，把它伸到了太阳神阿波罗驾驶的太阳车的熊熊火焰中，用天火点燃了茴香枝，再把这火种带到大地上，将光明和温暖带给了人类。

宙斯见普罗米修斯盗取了火种，十分生气，他决定报复人类。宙斯命令火神赫菲斯托斯用黏土造出来一位少

女——潘多拉，并让众神赋予她无与伦比的魅力，然后把她介绍给了普罗米修斯的弟弟厄庇米修斯。普罗米修斯曾数次告诫弟弟要提防宙斯，但是厄庇米修斯却被潘多拉迷住了，他不顾哥哥的叮嘱，迎娶了潘多拉。

宙斯曾经送给潘多拉一个神秘的盒子，好奇的潘多拉打开了盒子，一刹那，所有的灾难和病害都从盒子里飞了出来，飞到了人间的每一个角落。从此，人间出现了无穷无尽的灾难。盒子底部还留着一个美好的东西，那就是希望。可是它还没来得及飞出来，潘多拉就盖上了盒盖。

宙斯也没有放过普罗米修斯，他命令火神用坚固的锁链把普罗米修斯绑在高加索山脉的一块陡峭的岩石上，又把用金刚石做的钉子钉在他的胸口，让他永远不能入睡。白天宙斯派一只凶狠的神鹰飞来啄开普罗米修斯的胸脯，啄食他的肝脏。晚上普罗米修斯又会长出新的肝脏，皮肤会愈

阅读与写作

作者运用细节描写生动地写出了宙斯对普罗米修斯惩罚的严厉和残酷。

合。然而第二天，饥饿的神鹰会再次啄食他的肝脏，带给他新的痛苦。就这样，普罗米修斯日复一日地忍受着难以想象的痛苦，遭受着无穷无尽的折磨。

许多年以后，宙斯的一个儿子赫拉克勒斯在寻找金苹果时看到了正在受苦的普罗米修斯，他十分同情和佩服这位大英雄，于是用箭射死了啄食普罗米修斯肝脏的神鹰，砸开了锁链，救下了普罗米修斯。

宙斯得知这件事之后勃然大怒。为了平息宙斯的怒气，赫拉克勒斯让半人半马的喀戎代替普罗米修斯受难。

喀戎心甘情愿地献出永生的权利，解救了普罗米修斯。

最后，宙斯命令普罗米修斯必须永远戴着一个铁环，环上镶嵌着一块高加索山脉的石头，象征着他永远都在受难。

阅读与感悟

普罗米修斯为了帮助人类获得火种，实现文明，不惜冒犯天神领袖宙斯，勇敢地盗取火种，就算遭到宙斯的惩罚，他也无怨无悔。普罗米修斯不畏强暴、不怕牺牲的精神值得我们学习。

扫码学习

- AI故事小精灵
- 动画广播站
- 阅读百宝箱
- 灵感魔法屋

法厄同驾太阳马车

法厄同是太阳神赫里阿斯的儿子，他能力平平，却自命不凡，总是认为自己无所不能。

有一次，法厄同听到传言说自己不是赫里阿斯的亲生儿子，于是，他就跑到赫里阿斯的宫殿中，打算找父亲问个清楚。

“尊敬的父亲，很多人都在背后嘲笑我，说我不是您的亲生儿子，请问这是真的吗？”法厄同问道。

赫里阿斯愣了一下，随即笑着说：“不要相信这些谣言，毫无疑问，你就是我的儿子，谁也不能怀疑这一点，为什么要在意其他人的说法呢？”

法厄同摇摇头，说：“尊敬的父亲，为了消除谣言，请您送我一份礼物，向全天下证明我是您的儿子吧。只有这样，大家才会真的相信我。”

“没问题，只要能消除谣言，不论多贵重的礼物我都

愿意送给你。”赫里阿斯一口答应了下来。

法厄同抬起头，期待地看着父亲说：“父亲，我不想要别的东西，我只想独自驾驶您那辆太阳马车，请您满足我的愿望吧！”

赫里阿斯急忙摇摇头，拒绝道：“我不能答应你这个要求，我的孩子。你太年轻了，还不能驾驶太阳马车。事实上，除了我，没有一个神能够驾驶太阳马车。你知道吗？空中道路十分艰险：上午时分，尽管太阳神驹精力十分旺盛，但想要爬上陡峭的山坡依然十分艰难；中午时分，马车会到达天空的最高点，只要往下看一眼遥远的陆地和海洋，腿就会发软；下午时分，马车会风驰电掣般地向下飞驰，你会觉得天旋地转，如果不能紧紧地拉住缰绳，马车就会脱离轨道，跌落到无底深渊。”

赫里阿斯的话并没有打消法厄同想要驾驶太阳马车的念头，他说：“父亲，所有人都知道太阳马车是您的象征，我只有驾驶太阳马车才能消除谣言，让大家信服。刚才您已经答应我，不论什么要求您都会满足我的，现在您怎么能反悔呢？”

赫里阿斯无奈地摇了摇头，说：“没错，既然我已经答应你了，就不能反悔。”说完，他带着儿子来到太阳马车前，嘱咐道：“这些马会自己走，你不用拿鞭子抽打它们。你要牢牢地抓住缰绳，不要让它们跑得太快。你不能让马车离地面太近，否则地上的植物会被烤焦的，但是也不能让它离大地太远，否则地面就感受不到太阳的温暖了。”

法厄同被眼前金光闪闪的太阳马车吸引住了，根本没有仔细听父亲的话。

“好了，现在到了马车出发的时间了，你一定要记住我的话，不要掉以轻心，我亲爱的孩子。”赫里阿斯叹了口气，拍了拍法厄同的肩膀。

法厄同迫不及待地跳上马车，兴奋地拉起缰绳，大声说：“父亲，放心吧！”说完他就驾着马车出发了。

天马拉着太阳马车，如利箭般冲了出去，在天空中飞驰。

法厄同吓得脸都白了，他紧紧地拉住缰绳，一动也不敢动。行驶到半路时，法厄同朝下看了一眼，发现自己已经离地面很远了，他吓得直哆嗦，拉着缰绳的手都变得僵硬了。太阳马车在空中横冲直撞，冲出了原有的轨道。天马们在广阔的天空中奔跑着，一会儿高，一会儿低，一会儿往左，一会儿往右。

有时候，马车几乎要撞到地面上的山峰，可是没一会儿，马车又跑到了天空的最高处。法厄同想要控制住天马前进的方向，可是他的双手已经不听使唤了。他这才知道父亲没有骗自己，驾驶太阳马车真的不是个轻松的差事，可是现在他什么也做不了，只能闭上眼睛，听天由命了。

灼热的太阳点燃了大地上的植物，滚滚浓烟从森林深处升起。大地因受热而龟裂，河流因水分蒸发而干涸，湖泊变成了沙漠，动物们嘶吼着四处逃窜，人们跪在炙热的大地上，祈求上天的保佑。

阅读与写作

此处运用环境描写，从听觉、触觉、视觉多方面写出了法厄同给人间带来的可怕灾难，引出下文故事的结局。

为了消除人间的苦难，宙斯将一道闪电劈向了法厄同，法厄同变成了一团火球，从天空中坠落，最后掉到了埃利达努斯河中，结束了生命。

太阳神赫里阿斯目睹了这悲惨的情景，悲恸欲绝。他忧伤地抱着自己的头颅，整整一天没有露面，大地陷入一片昏暗之中。

阅读与感悟

法厄同狂妄自大，不听父亲的劝告，执意去做无法胜任的事，最终害了自己。自信是好事，但是盲目自信会蒙蔽我们的双眼，让我们看不清自己的实力。我们要有自知之明，虚心接受别人的意见，不要一意孤行，更不能肆意妄为。

大熊星座和小熊星座

天空中，有两个永恒闪烁的星座，它们的故事引人深思，它们就是广袤天穹中的大熊星座与小熊星座。

在遥远的古希腊神话时代，有一位名叫卡利斯托的女子，她是狩猎女神阿耳忒弥斯身边最得力的侍女。卡利斯托兼具美貌与智慧，她的善良和勇敢赢得了众神与凡人的敬爱。每当身背银弓金箭的阿耳忒弥斯踏足森林，追逐野兽时，卡利斯托总是紧随其后，她敏捷的身影如同疾风，在林间穿梭自如，展现出了非凡的胆识和技艺。

宙斯巡游人间时，在森林里歇息，看见了英姿飒爽的卡利斯托，立刻便被卡利斯托所吸引。他派随从上前询问卡利斯托是否愿意跟随他，被卡利斯托拒绝了。为了接近卡利斯托，狡猾而又无所不能的宙斯施展了他的变形能力，化身为阿耳忒弥斯的模样接近卡利斯托，卡利斯托上了当，不久发现自己怀孕了。

卡利斯托怀孕的消息如同一阵飓风，迅速打破了原有的平静。阿耳忒弥斯得知此事后，毫不犹豫地将卡利斯托驱逐出宫，让她独自面对人世间的艰难困苦。

无处安身的卡利斯托带着即将降临的小生命被迫离开了宫殿，她在远离尘嚣的深邃森林里搭建了一座简陋的茅草屋，开始了一段孤独的生活。一段时间后卡利斯托终于诞下了一个活泼健康的男婴，她满怀深情地为他取名为阿尔卡斯，希望他在艰难环境中也能茁壮成长。

然而，命运并未因此而垂怜于她。天后赫拉，那位高傲且嫉妒心极强的奥林匹斯女神，很快从各路传言中捕捉到了这一消息。在一个风雨交加的夜晚，赫拉施展了威力无比的诅咒魔法，将原本美丽的卡利斯托瞬间变成了一只硕大的母熊。那曾经曼妙的身躯如今被笨重的熊躯所取代，纤细修长的四肢变为了粗壮有力的熊腿，全身覆盖着厚重浓密的皮毛，原本白嫩如玉的手掌化作了粗糙的熊掌，甚至长出了尖锐骇人的指甲。卡利斯托悲痛欲绝，哀嚎声穿透了森林的寂静，直抵苍穹，仿佛是对不公命运的控诉和挣扎。

阅读与写作

此处通过生动细致的外貌描写，将卡利斯托变化前与变化后进行对比，体现了变化之大，为后文做铺垫，说明由人变熊的经历让人难以承受。

变身为熊的卡利斯托与儿子阿尔卡斯失散，在幽暗阴冷的森林中开始了流浪生活。她不得不时刻警惕周围的动静，那些猎人的猎犬时常会因她的出现而疯狂吠叫，迫使她在恐惧与绝望中四处逃窜。尽管外表已变为野兽，但卡利斯托内心的善良与母性未曾改变，她既害怕与其他野兽产生冲突，也恐惧遇见人类的目光，因此，她选择避开一切。可怜的卡利斯托常年生活在恐慌与孤寂交织的阴影之下。

与母亲失散的阿尔卡斯被宙斯派来的赫耳墨斯带走，并由赫耳墨斯的母亲抚养长大。时光如梭，一晃十五个春秋已悄然逝去，如今的阿尔卡斯已褪去稚气，转而成为一个英俊挺拔、气质非凡的青年。他不仅继承了卡利斯托的智慧基因，还思维敏捷且见识广博，成了一名技艺超群的狩猎高手。

命运之轮悄然转动。一日，阿尔卡斯在森林深处狩猎的时候，偶遇了曾被赫拉诅咒变为熊的卡利斯托。母性的直觉让卡利斯托瞬间认出了眼前这个英姿勃发的青年就是她日思夜想的儿子。然而，她却无法以人的形态表达对儿子深沉的爱意，只能本能地朝阿尔卡斯走去，渴望用熊的方式拥抱自己的儿子。

然而，这一举动在阿尔卡斯眼中却成了生死威胁。面对迎面而来的大熊，阿尔卡斯毫无畏惧，凭借灵敏的反应和坚定的决心，用尽浑身力量拉弓要射杀这头大熊。就在这生死攸关的一刹那，众神之王宙斯在奥林匹斯山巅目睹了这一幕，心中涌起无尽怜悯与惋惜，施展法力将阿尔卡斯化作了一只小熊。

变为小熊的阿尔卡斯瞬间明白了眼前的真相，内心的激动难以言表，他放下防备，毫不犹豫地奔向母亲，紧紧抱住这久违的亲人。宙斯看到这一幕也倍感欣慰，他把他们二人都带上了天变成了璀璨星空中的大熊星座与小熊星座，让他们得以相互守望，不再受人间疾苦的困扰。此举激怒了赫拉，她愤然奔向奥林匹斯山，向诸神哭诉自己的不满，并寻求公正裁决。

为了避免赫拉的怒火殃及无辜，同时也为了维护天上

的和谐秩序，诸神做出了一个决定：让大熊星座和小熊星座永远在天空中旋转不息，不再遵循其他星座东升西落的规律。这个决定意味着，无论四季更替，还是昼夜交替，母子二人都会在夜空中熠熠生辉，照亮无数仰望星空的人们。

阅读与感悟

变成熊的卡利斯托哪怕十几年没有见到自己的孩子，依旧能一眼辨认出，可见母亲对孩子深深的爱，这伟大的母爱令人动容。我们的母亲也深深地爱着我们，也许表达方式不同，但她们都有一颗真挚的心，她们无私地为我们奉献着一切，从不求回报。我们也要关爱父母，为父母着想。

夺取金羊毛

埃宋是忒萨利亚王国的国王，他生性善良，对百姓非常和善，深受百姓的爱戴。后来，埃宋的弟弟珀利阿斯用阴谋夺走了王位，毫不留情地把埃宋一家逐出了王城。埃宋只得带着小儿子伊阿宋到处流浪，四海为家。

在流浪途中，埃宋和伊阿宋遇上了半人半马的喀戎。喀戎智慧超群，精通医术，善于狩猎，为人和善，还有一身精湛的武艺，许多举世闻名的大英雄都是他的学生。喀戎见伊阿宋天资聪颖，气质超凡，便收他做了学生，在珀利翁山上的一个岩洞里悉心教导他。伊阿宋跟着喀戎整整学习了二十年，终于从一个懵懂的少年成长为一个英勇无畏、志向远大的英俊小伙子。

伊阿宋回到了家乡，打算找珀利阿斯夺回王位。此时，珀利阿斯年事已高，他看着眼前这个英姿勃发的小伙子，心中生出了恐惧之意。为了赶走伊阿宋，珀利阿斯想出了一个毒计，他对伊阿宋说："只要你能替我拿到金羊毛，我就把王位还给你。"

金羊毛是古希腊的稀世珍宝，它被藏在科尔喀斯国的圣林中，负责看守它的是一条会喷火的巨龙。要在巨龙的眼皮底下夺走金羊毛几乎是不可能的，很多英雄豪杰都在抢夺金羊毛的过程中送了性命。

阅读与写作

此处说明了金羊毛的珍贵和夺取金羊毛这个任务的危险性，为下文伊阿宋夺取金羊毛的故事情节做铺垫，突出他的英勇无畏。

伊阿宋明知道珀利阿斯是在刁难自己，但他还是毫不犹豫地说："一言为定，我拿到金羊毛的那一天，就是你归还王位之日。"

为了成功夺取金羊毛，伊阿宋叫了许多朋友来帮忙，这些朋友个个身怀绝技，他们决定齐心协力完成任务。在天后赫拉的帮助下，伊阿宋得到了永远不会腐烂的"阿耳戈号"大船，他带着其他英雄一起乘船出发了。

伊阿宋一行人经历了无数艰难险阻后终于到达了科尔喀斯国。他们首先找到了科尔喀斯的国王，向他说明了来意。国王听后哈哈大笑，他说："你可以去取金羊毛，但有个条件，你必须将两头长着铜蹄、鼻孔喷火的公牛套上挽具，让它们耕地，并且把巨龙的牙齿种到地里。龙牙种到地里后会长出一队全副武装的勇士，他们会用利刃来对付播种的人。如果你觉得能够驯服我那神牛，那就试一试吧。不过我劝你还是不要白费力气了，已经有数不清的英雄败给它们了。”

伊阿宋丝毫没有退缩，他自信满满地说：“我相信我一定能成功！”

科尔喀斯的国王有一个叫美狄亚的小女儿，她被伊阿宋的勇气和自信吸引，决定不惜一切代价，帮助这个英俊的年轻人。夜里，美狄亚偷偷把能够增长力量的神药送给了伊阿宋，并告诉他制服神牛的方法。

第二天，伊阿宋全身涂满了美狄亚送来的神药。他浑身充满力量，迫不及待地要和神牛一战。神牛喷出火焰，冲伊阿宋冲了过来，伊阿宋毫不畏惧地迎了上去。全身涂满神药的伊阿宋没被神牛的火焰伤到分毫，他灵巧地在神牛间辗转挪移，找准机会一把抓住神牛的角，制服了神牛，就势将挽具套了上去，牵着它们犁起地来。伊阿宋种下龙牙后不久，一队全副武装的勇士就冒出了地面，随即挥动着刀剑冲了过来。美狄亚见状，偷偷施法，勇士们突然倒戈互相厮杀起来，转眼间，勇士们竟烟消云散。科尔喀斯的国王见伊阿宋轻轻松松就打倒了神牛和勇士，怒气冲冲地离开了。

为了避免夜长梦多，伊阿宋决定当天晚上就去夺取金羊毛。他让其他人去做返航的准备工作，自己则在美狄亚的带领下抄近路前往，很快就到了悬挂着金羊毛的橡树下。警惕的巨龙听见声音，立刻竖起耳朵，睁大眼睛，发出了可怕的嗞嗞声。美狄亚勇敢地走上前去，用甜美的声音唱起了动听的催眠曲，巨龙在美狄亚的歌声中渐渐瘫软下来。美狄亚一边念咒语，一边将一种神奇的药膏涂进巨龙的眼睛，巨龙终于闭上了血盆大口，昏昏沉沉地睡着了。伊阿宋瞅准机会，爬上橡树，一把夺过像闪电一样耀眼的金羊毛，带着美狄亚飞快离开了。

阅读与感悟

在夺取金羊毛的过程中，勇气、自信、能力、智慧以及朋友的帮助缺一不可。在遇到困难时，我们要向伊阿宋学习，决不退缩，勇敢地战胜困难。

爱与美之神阿芙洛狄忒

很久以前，有一个美丽而巨大的贝壳在海浪中漂荡了很久，当它随着海浪来到塞浦路斯岛上时，一个女子从贝壳中走了出来。她每向前走一步，身后的脚印里就会长出漂亮的鲜花。这个从贝壳中诞生的女子就是阿芙洛狄忒。

阿芙洛狄忒出生后，时序女神将金色的头饰、金色的耳环和一条白色的项链送给了她。随后，四季女神为阿芙洛狄忒送来了一辆由鸽子驾驶的车，阿芙洛狄忒乘坐这辆车来到了众神所在的奥林匹斯山。阿芙洛狄忒的出现震惊了众神，许多神都对她倾慕不已，这让天后赫拉和智慧女神雅典娜嫉妒不已。

有一天，阿芙洛狄忒和众神一起出席了阿耳戈英雄珀琉斯与海洋女神忒提斯的婚宴。宴会上，掌管纷争的女神厄里斯拿出一个刻着“最美丽女神”字样的金苹果，要将它送给最美丽的女神。天后赫拉说：“这个苹果非我莫属，天上地下最美丽的女神都应该是我。”智慧女神雅典娜也不甘示弱，她说：“依我看，这苹果应该属于我。”爱与美之神阿芙洛狄忒也说：“众所周知，我才是最美丽的女神。”众神没有办法抉择到底谁才是最美丽的女神，就让宙斯前来决断。宙斯左右为难，也没有办法决断，就把这个任务交给了一个叫帕里斯的年轻人。

帕里斯拿着金苹果，看着眼前这三位女神，把金苹果递给了阿芙洛狄忒。从此以后，阿芙洛狄忒成了奥林匹斯山上名正言顺的最美丽的女神。

有一次，阿芙洛狄忒遇上了一个叫阿多尼斯的男子，她深深地喜欢上了阿多尼斯。阿多尼斯最喜欢的事就是拿着武器在林中捕猎。阿芙洛狄忒喜欢上阿多尼斯后，想方设法同他接近，但是阿多尼斯却连看也不愿意多看阿芙洛

狄忒一眼。

阿芙洛狄忒没有放弃，她离开了自己的宫殿，把自己装扮成一个女猎手的样子，跟在阿多尼斯身后，和他一起捕猎。但即使这样，阿多尼斯也没有喜欢上阿芙洛狄忒，他劝她放弃。阿芙洛狄忒对阿多尼斯说："我有一种预感，你在不久之后可能会遭遇不测，所以你最好还是把我带在身边吧。"阿多尼斯说："美丽的女神，我很尊敬你，但还是请你离开吧。无论如何，我都不可能爱上你的。"阿芙洛狄忒叹了口气，决定离开。在离开之前，她劝阿多尼斯不要再捕猎了，否则可能会遇到灾难，但是阿多尼斯根本没有把阿芙洛狄忒的话放在心上。

阅读与写作

此处过渡巧妙，先是总结阿芙洛狄忒对阿多尼斯的态度，之后引出二人一起捕猎的情节，承上启下，过渡自然。

阿芙洛狄忒刚离开，阿多尼斯就遇上了一只大野猪，他赶紧追过去，把自己的武器扔向了野猪。受伤的野猪发疯般地冲阿多尼斯跑了过来，把他刺死了。阿芙洛狄忒听说阿多尼斯去世的消息后，伤心地来到了森林中。她把葡萄酒洒在了阿多尼斯的尸体上，把他变成了秋牡丹。

悲恸欲绝的阿芙洛狄忒找到了宙斯，请求他复活阿多尼斯，但是宙斯却不肯答应。最后，宙斯允许已入冥国的阿多尼斯每年中有几个月可以回到大地上。后来阿多尼斯成了司掌春季植物的神灵，每年死而复生，容颜永远不老。

阅读与感悟

阿芙洛狄忒得到了金苹果，也得到了“最美丽女神”的称号，她征服了许多人的心，但是阿多尼斯却始终对她不感兴趣。这个故事告诉我们，再完美的人也无法让所有人喜欢，因此我们要放平心态，不要过分在意别人的看法。

坚纽斯与萨图尔努斯

罗马的发祥地是位于台伯河下游的一段狭长地带。相传很久以前，这里居住着一个部落，部落的首领叫坚纽斯。他善良睿智，深受人们的爱戴。部落里的人靠打猎为生，过着简单而平静的生活。他们从来没有离开过这片土地，也不知道世界上是否有其他部落，更不知道其他地方的人们过着怎样的生活。

有一天，一艘大船顺流而下，停靠在了部落附近。因为部落里从来没有来过外人，所以许多人都聚集在岸边，好奇地看着大船，但是没有一个人敢走上前去。不一会儿，一个金发男子从船上走了下来，他笑着冲远处的人们招了招手，又回头让仆人们从船上牵下几头牛。一看见牛，许多人都吓得直往后退，几个勇敢的年轻人握紧了手中的武器，打算随时和牛搏斗。在当地居民的印象里，牛是很凶猛的动物，它能够破坏房屋，还会用它锋利的角攻击人类。

金发男子一下子就看透了当地居民的心思。他伸出手一边摸着牛背一边说："别害怕，这些牛已经被我驯服了，它们不会伤害人的。相反，它们还能帮我们干活，为我们提供美味的牛奶。"当地居民半信半疑地走上前去，发现这些牛果然十分温顺，这才放下心来。

阅读与写作

动作、语言描写写出了金发男子对当地居民的耐心、温柔。

接着，金发男子又把绵羊、蜜蜂和谷物的种子送给了当地居民，他告诉人们绵羊的毛能够织出柔软的衣物，蜜蜂能够提供甜甜的蜂蜜，把种子种到地里就能长出美味的食物。人们兴奋极了，他们东看看西瞧瞧，恨不得能马上穿上新衣服，吃上蜂蜜和谷物。

这时，坚纽斯也来到了岸边，得知他首领的身份后，金发男子毕恭毕敬地说："我的名字叫萨图尔努斯。我因为受到了别人的迫害，所以来到了这里。请您允许我在这里生活下去。作为回报，我会为这里带来幸福和美好。"坚纽斯同意了萨图尔努斯的请求，邀请他在这里长住。

很快，萨图尔努斯就教会了人们种植粮食，纺织布匹，驯养牲畜……当地居民也修建起更坚固的房屋来，还种出了各种各样的庄稼，穿上了美丽舒适的衣服，过上了从来没有过的幸福生活。

为了让人们生活得更舒适，萨图尔努斯修建了一个新的城市——萨图尔尼亚。坚纽斯和萨图尔努斯一起把这个城市治理得井井有条，这里所有的人都是平等的，人们之间没有仇恨和战争，没有迫害，也没有钩心斗角，只有友善和互助。萨图尔努斯对自己治理的城市十分满意，想以“拉丁姆”作为它的新名字。在当地的语言里，这个词的含义是“隐匿的王国”。萨图尔努斯认为这是一片不受外界影响的净土，他希望这里永远都像现在这样和平安宁。

坚纽斯轻轻地摇了摇头，说：“我也像你一样希望这里永远都是一片净土。但是和平只是暂时的，在贪婪的人性的驱使下，仇恨和战争总有一天会在这里出现。”坚纽斯见萨图尔努斯的脸上出现了阴霾，又补充道：“我说的都是真的，因为我是宇宙的开始，也是宇宙的结束。谁也不能影响宇宙，更没有办法左右未来的事。”听了坚纽斯的话，萨图尔努斯陷入了沉思。

从此之后，这个城市有了新的名字——拉丁姆。但是它的创造者萨图尔努斯却像变了一个人。他躲了起来，不再见任何人，也不再参与城市中的任何事。人们对此感到非常奇怪，坚纽斯说出了其中的缘故：原来，萨图尔努斯是天神之父，因为受到了众神的迫害和驱逐才躲藏到了人间。他不忍心看着自己亲手建立的城市走向混乱，不忍心看着战争和仇恨出现，更不忍心看着人们互相残杀，于是，他把自己永远地藏了起来，再也不肯现身。

坚纽斯知道萨图尔努斯的身份，也明白他的想法，他建议人们为萨图尔努斯修建一座神庙，以此感谢他带来的幸福生活。

在这之后的每一年，拉丁姆的人们都会聚在一起，举行盛大的萨图尔努斯庆典，纪念曾经的美好。

阅读与感悟

萨图尔努斯期望得到永远的和平安宁，但冷静的坚纽斯知道战争和仇恨不可避免，贪婪和欲望会毁了和平，催生仇恨和战争。我们要控制自己的欲望，不要贪婪，以免招来灾祸。

阿波罗与达弗涅

阿波罗是宙斯和女神勒托的孩子。在阿波罗出生前，天后赫拉出于嫉妒赶走了他的母亲勒托，让她无处分娩。勒托找了九天九夜，终于找到了一座浮岛，在这里生下了阿波罗。

阿波罗一出生就发出了万丈光芒，这光芒甚至惊动了天上的女神。正义女神听说阿波罗出生的消息后，亲自来到浮岛上，为阿波罗送上了祝福的仙酒。喝了仙酒的阿波罗一下子就从只会哇哇大哭的婴儿变成了相貌堂堂的小伙子。勒托为自己的儿子感到骄傲，她相信儿子今后一定会成就一番大事业。

阿波罗长大后，想要修建自己的庙宇。他找了许久，终于在克利撒镇的一座高山上找到了一块既平坦又宽敞的巨大岩石。阿波罗见这里有山有水，风景优美，气候宜人，就想要把庙宇建在这里。阿波罗兴冲冲地爬上了岩石，发现在岩石中央有一条裂缝，一股清泉从缝隙中流淌而出，一种奇异的香味从缝隙中散发出来。裂缝的旁边还卧着一条大蛇，大蛇一看见阿波罗就张开了嘴巴，冲他喷出了难闻的毒气。阿波罗急忙退到一边，拿起弓箭，瞄准大蛇射了过去。大蛇中箭后挣扎了几下就倒地身亡了，它的鲜血溅到了阿波罗的身上。

阅读与写作

“退”“拿”“瞄准”“射”这一系列动词生动、准确地写出了阿波罗动作的敏捷。

射死大蛇后，阿波罗在岩石上建起了自己的第一座庙宇，他想要找些人来做庙宇的侍者和祭司，但是找遍了周围的村落也没看见一个人。原来这附近的庄稼和牲畜都被大蛇吃掉了，人们无法生存，只好从这里搬离。于是，阿波罗变成了一只海豚，在大海中引导一艘船来到了这里，让船上的人做庙宇里的侍者和祭司。

这时，阿波罗发现杀死大蛇时溅在身上的血迹怎么也清洗不掉。有天神告诉他这大蛇是个蛇妖，要想除去它的血迹就必须到忒萨利亚王国为国王服务两年。在忒萨利亚王国，阿波罗帮国王完成了许多任务，得到了国王的信任。闲暇时，他会拿出自己的竖琴弹奏一番，优美的琴声总是会引来许多动物。动物们围在阿波罗周围，静静地欣赏着他的琴声。阿波罗在这里生活得十分快乐，最后，他把蛇血成功洗掉了。

阿斯克勒庇俄斯是阿波罗的儿子，也是古希腊著名的神医，他精湛的医术甚至能让人起死回生。就在他接连救活了许多死者后，宙斯唯恐自然规律被扰乱，阴阳两界的秩序被打破，于是以一道雷电将他击毙。为了替爱子复仇，阿波罗不惜与父亲宙斯为敌，把宙斯手下忠实的独眼巨人接连射杀。宙斯宣布将阿波罗逐出天国数年。

一天，被逐出天国的阿波罗遇上了小爱神厄洛斯。厄洛斯总是背着一个箭袋，袋子里有一支铅做的箭和一支金子做的箭。若是谁中了金子做的箭，心中就会燃起爱情之火；若是谁中了铅做的箭，就会变得铁石心肠，很难被爱情打动。阿波罗见厄洛斯的箭又小又短，就嘲笑起他来。为了让阿波罗见识到自己的厉害，厄洛斯用金子做的箭射中了阿波罗，又把铅做的箭射到了仙女达弗涅的身上。

中了爱神之箭的阿波罗开始变得烦躁不安，他心中涌起了一种说不清道不明的情感。在爱神的引导下，阿波罗看见了仙女达弗涅，他深深地喜欢上了这个女子。但是中了铅箭的达弗涅却对阿波罗毫无兴趣，她一看见阿波罗就会远远地躲开，不想跟他多说一句话。阿波罗跟在达弗涅身后，一边追一边说："你为什么要躲开我呢？我是阿波罗，我不会伤害你的。"达弗涅依然一言不发，只是拼命向前跑。阿波罗施展神力，很快就追上了达弗涅。他伸手想要拉住达弗涅，但是不想让阿波罗碰到自己的达弗涅却变成了一棵月桂树，她柔软的皮肤变成了粗糙的树皮，她美丽的脸庞隐藏在浓密的树叶间。

阿波罗紧紧地抱住了达弗涅变成的月桂树，对着它倾诉自己的衷肠。最后，阿波罗说："亲爱的达弗涅，既然你变成了月桂树，今后我就要用月桂树的枝叶来装饰我的武器、我的头发和我的衣服。"从此之后，阿波罗的身上总是戴着月桂树的枝叶做成的装饰品。

阅读与感悟

勇敢的阿波罗射死了大蛇，建立了自己的庙宇。因为他嘲笑爱神厄洛斯，厄洛斯就戏弄了他，让他永远得不到自己爱的人。每个人都有自己的优点和缺点，阿波罗的勇敢值得我们学习，同时，我们也要吸取他的教训，不能嘲笑别人。

诸神之王奥丁

奥丁是北欧阿萨神族的诸神之王，也是全知全能的智能神，他象征着智慧、权力、战争和预言等。

很久之前，在诸神和巨人的战争中，英勇的奥丁带领诸神打败了巨人尤弥尔，把他的身体变成了大地，头颅变成了天空，血液变成了海洋，骨骼变成了高山，毛发变成了花草树木。就这样，奥丁和诸神创造出了世界。

阅读与写作

此处运用排比修辞生动地写出了奥丁把巨人尤弥尔变成世界的过程。

世界形成后，奥丁和诸神始终觉得广阔的大地上缺少一种有活力的生物。

一天，奥丁、维和威利三位天神在大地上散步时，看到海浪冲来了两截木头，其中一截是梣木，另一截是榆木。他们觉得这木头正好可以用来创造人类，就把梣木雕刻成了男人的形状，把榆木雕刻成了女人的形状。奥丁赋予了这两块人形木头生命和呼吸，威利赋予了它们灵魂和智慧，维赋予了它们情感和语言。从此，大地上出现了新的生物——人类。奥丁将男人命名为阿斯克，将女人命名为爱波拉，让这一对男女结成了夫妻，在大地上一代一代繁衍下去。

之后，奥丁在宇宙中央建立了神国阿瑟加德，又在神国的周围建立了精灵国。奥丁命令巨人和人类一起居住在大地上，让侏儒居住在大地下的侏儒国中。平时，奥丁会坐在他的宝座上。在这里，他可以把诸神、精灵、巨人、侏儒和人类的一举一动看得清清楚楚。

为了更好地统治世界，奥丁想要获得更多的智慧。当时，在世界之树一条主根的尽头有一个“智慧之泉”，喝了这种泉水的人就会得到世间最宝贵的智慧。奥丁想要尝一尝这泉水，将智慧带给阿萨诸神。于是，他找到了看管“智慧之泉”的巨人密米尔，请求他允许自己喝一口泉水。密米尔摇摇头，说道：“我劝你还是不要尝试了。在你之前也有很多人想要得到泉水，但是他们一听到要付出的代价，就都放弃了。”

奥丁毫不犹豫地说：“不论付出多大的代价，我都要喝到泉水。就算让我把神族所有的黄金都送给你也在所不惜。”

密米尔指了指奥丁的一只眼睛说：“我不要黄金，我只要你的一只眼睛。”奥丁用一只眼睛交换了智慧泉水，获得了宝贵的智慧。从此之后，奥丁的一只眼睛就永远地沉在了“智慧之泉”中。后来，奥丁又在世界之树上倒挂了九天九夜，发明了鲁纳文字，并把它教给了人类，成为北欧最早的文字。因为奥丁带来了智慧和文字，人们把奥丁看作“智慧之神”。

从此之后，奥丁变成了独眼神，他头戴鹰盔，身穿金甲，手上戴着象征财富的德罗普尼尔金环，手中拿着百发百中的武器——冈格尼尔长枪，若是有人对着这神圣的长枪发了誓，那他就必须实现自己的誓言，决不能反悔。当奥丁掷出他的冈格尼尔长枪时，枪尖就会在天空划出一道亮光来，这道亮光被地上的人们称为“流星”。

阅读与写作

此处运用外貌描写着重描写了奥丁变成独眼神后的着装、武器，写出了奥丁英姿飒爽的样子。

有时候，奥丁会骑着他的坐骑来到人间。奥丁的坐骑是一匹八条腿的天马，它的速度极快。每当天马出现时，人间就会出现狂风暴雨。当人间有战争时，奥丁就会派自己的侍女到战场上去，把英勇战死的勇士们带到自己的宫殿来。在这里，奥丁会用美味佳肴招待勇士们，对他们的勇气进行嘉奖，让他们在神国里享福。

因此，人们也把奥丁称为“死亡之神”和“战争之神”。

阅读与感悟

奥丁创造了世界和人类，为了获得智慧，他付出了一只眼睛的代价。智慧是珍贵的宝物，要想获得智慧就必须付出努力。对于我们来说，要想获得智慧，就要不怕苦，不怕累，努力钻研，认真学习。

丢失的神锤

神王奥丁与女巨人娇德的儿子托尔是阿萨神族最勇猛的武士，他的主要职责是保护阿萨神族的居住地阿瑟加德，阻挡霜巨人的入侵。

托尔身材魁梧，力大无穷，刚出生就能举起十大包熊皮。他食量很大，又爱喝酒。他为人耿直，凡是看不顺眼的事都要反对，是诸神中出了名的暴脾气。

雷霆之锤是托尔最重要的武器，它是火神洛基让矮人打造的。这神锤的攻击力极强，能够轻松打碎巨人的头骨。每当霜巨人来袭时，托尔就会驾驶山羊拉的战车，拿着雷霆之锤出战，这时，天上就会发出轰隆隆的雷声，因此他也被称为“雷神托尔”。霜巨人一听见这雷声就会吓得四处逃窜，不敢再轻举妄动。因此，托尔把雷霆之锤看得比生命都重要，除了自己谁都不能碰一下。

一天早上，托尔起床后发现自己的神锤不见了，他仔

阅读与写作

托尔和洛基的话和诸神的反应体现了他们对雷霆之锤的重视，以及希望早日找到雷霆之锤的迫切心情。

细地找遍了整个宫殿，始终没有找到。托尔急忙把这个消息告诉了诸神，他焦急地说："要是没有雷霆之锤，我恐怕很难挡住霜巨人的袭击。"听到托尔这样说，诸神都慌了。这时，火神洛基上前说道："就让我去寻找雷霆之锤吧，我猜这一定是霜巨人搞的鬼！"

洛基向女神芙蕾雅借了宝物"鹰之羽衣"，变成一只苍鹰飞往霜巨人国。在这里，洛基很快就找到了偷走神锤的罪魁祸首——风暴巨人索列姆。洛基想尽了办法，可索列姆怎么也不肯归还神锤。洛基只得悻悻地返回了阿瑟加德，把神锤的下落告诉了托尔。

托尔听到洛基带回的消息，决定立刻亲自去找索列姆，抢回神锤。洛基劝他说："现在我们没有神锤，恐怕打不过索列姆，硬抢不是办法。再说，我们也不知道索列姆把神锤藏在了什么地方。不如我再跑一趟吧，看看他有什么要求，无论如何，我们都要拿回神锤。"

于是，洛基再次找到索列姆，说："只要你能够归还神锤，我们愿意满足你的一切要求。不论是金银珠宝还是其他珍贵物品，我们都可以送给你。"索列姆哈哈大笑起来，说："金银珠宝根本入不了我的眼，其他东西我也不要。要想让我归还雷霆之锤，只有一个条件，那就是让女神芙蕾雅嫁给我。"

洛基把索列姆提出的条件告诉了诸神，想让大家帮他一起说服芙蕾雅。可是不论大家怎么劝说，芙蕾雅都不肯嫁给索列姆，她愤怒地说："我绝对不会嫁给那个可恶的巨人！你们不用再劝我了，无论如何我都不会改变主意！"就在诸神一筹莫展时，火神洛基想出了个好办法，他建议把托尔打扮成芙蕾雅的样子，冒充芙蕾雅去找索列姆，再找机会拿回神锤。

托尔急忙反对道："这怎么能行呢？我怎么能打扮成一个女人的模样呢？再说了，我这样子肯定瞒不过索列姆。"

洛基打量了一下托尔，说："我倒觉得这是个好主意，我们不妨试一试。"众神也纷纷劝说起托尔来，托尔只得无奈地同意了这个建议。

在众神的帮助下，托尔穿上了新娘的嫁衣，戴上了珠宝首饰，蒙上了厚厚的面纱，打扮成新娘的样子。洛基也打扮成了一个侍女，和托尔一起来到霜巨人国。

索列姆听说芙蕾雅来了，高兴得合不拢嘴。他命人将宫殿装扮得美轮美奂，又准备了一大桌酒席来宴请宾客。装扮成芙蕾雅的托尔看到桌上的美酒佳肴，毫不客气地坐了下来，狼吞虎咽地吃起来。参加宴席的霜巨人们见新娘一点也不矜持，吃东西时还发出难听的声音，纷纷议论起来。不一会儿，托尔就吃掉了整整一头牛、八条大鲑鱼，还喝光了三大桶蜜酒。索列姆看着正在大吃大喝的新娘，脸上露出了疑惑的神情。

打扮成侍女的洛基急忙解释道："新娘实在是太高兴了，为了这一天，她已经八天八夜没吃东西了。"

索列姆这才放下心来，他想要亲吻一下自己的新娘。可当他靠近新娘时，却被面纱下那一双铜铃一样大的眼睛吓坏了。洛基又解释说："为了这一天，新娘已经八天八夜没有合眼了。她实在是太期待这一天的到来了！她恨不得马上嫁给你。"

索列姆的姐姐见这新娘实在古怪，对洛基的解释也是半信半疑，就问托尔："按照霜巨人的传统，结婚当日要交换礼物，你带来了什么礼物呢？"

托尔就像是没听到一样，一声不吭地坐着，没有回答。洛基再次解释说："新娘实在是太高兴了，她现在满脑子想的都是索列姆，已经昏了头，恐怕根本听不见别人的话。"

索列姆听了这话不由得心花怒放，他立刻拿出了雷霆之锤，想把这神锤当作自己给新婚妻子的礼物。托尔一看见自己的神锤，立刻来了精神，他撕掉面纱，从座位上跳了起来，一把抢过神锤。还没等索列姆和其他霜巨人反应过来，托尔已经高高地举起了神锤……就这样，托尔和洛基打败了巨人们，拿着神锤高高兴兴地回到了阿瑟加德。

阅读与感悟

面对强大的霜巨人，托尔和洛基运用聪明才智骗过了他们，夺回了丢失的神锤。我们也要像托尔和洛基一样善于运用智慧，使用巧妙的方法来战胜困难。

诸神的黄昏

世界之树的一条根延伸的最底部是一眼泉水，这就是赫瓦格密尔泉。有一条名为尼德霍格的毒龙就生活在这里，世界之树的树根被它昼夜不息地啃噬着。据说世界之树的树根一旦被毒龙咬穿，诸神的黄昏也就到了。到那时，诸神和巨人之间的激战将不可避免，诸神、巨人、精灵、侏儒和人类生存的世界将会灭亡。诸神的黄昏就是世界的末日。

诸神的黄昏到来前，一定是会有征兆的，而这次的征兆就是降临在人间的前所未有的寒冬。冬天到来后，天空中再也没有出现过太阳，大雪整日不停地飘落，厚厚的积雪和冰霜冻住了大地，如刀的寒风肆意地呼啸着，这个冬天是如此漫长而寒冷，让人看不到一点希望。而像这样的寒冬整整持续了三个季节，被人们称为“芬布尔之冬”。极寒的天气使得食物越来越少，人类内心充满了不安和烦躁。人们为了获得食物而大打出手，冲突和战争接连爆发。人间变成了炼狱，世界充满了罪恶和恐怖。

公鸡预感到诸神的黄昏就要来临了，它站在世界之树的顶端发出声嘶力竭的长鸣，试图警示所有人。

世界之树的下面深埋的是死人之国，冥界也有公鸡发出尖锐的鸣叫声回应。

最终，世界之树的树根还是被毒龙尼德霍格咬断了，世界之树奄奄一息，随时都有可能倒下。大地剧烈地摇晃起来，各种猛兽和怪物都趁机逃脱了出来。

巨狼芬里尔拥有巨大的破坏力，可以一口吞掉整个宇宙，此时它挣脱了诸神用来捆绑它的锁链，迫不及待地要找诸神报仇雪恨。

天上的太阳和月亮也被它的两个儿子一口吞掉了，整个世界陷入了一片黑暗。

这时巨蟒耶梦加得也从海底醒来了，它巨大的身躯翻滚着，长长的尾巴在海面上掀起了滔天巨浪，一部分海水直冲向诸神之国所在的天空，另一部分海水则淹没了大地。死亡大军此时也在死人之国的女王赫尔的率领下，从地下爬出来了。

阅读与写作

此处运用动作描写，表现了巨蟒耶梦加得急于冲上诸神之国的迫切心情，以及它的威力。

巨人军队从四面八方聚拢来。邪神洛基之前被诸神之王奥丁所禁锢，此时也挣脱了锁链，重获了自由。女王赫尔用死人的指甲做成了大船，巨人们乘坐着大船，发出了震耳的叫嚣声向诸神之国开去。

见此，诸神之国的守卫者海姆达尔赶紧取出号角，向军队传出了紧急集合的信号，诸神们迅速装备好武器，摆好阵势，准备迎击敌人。一场大战已无法避免，诸神的黄昏马上就要到来了。

在大战一触即发之时，战场上却没有诸神之王奥丁的身影，他独身一人来到了命运三女神的居所，想要提前探知诸神今后的命运，但是他并没有从她们口中得到想要的答案。接下来他又找到“智慧之泉”的看守巨人密米尔，在他耳边说了几句话，之后便匆匆向战场赶去。

巨狼芬里尔一看见奥丁就疯狂地扑了上去，从它那足以吞下天地的巨口中喷出熊熊烈火，恶狠狠地要向奥丁复仇。奥丁举起冈格尼尔长枪进行迎击，刺中了芬里尔。芬里尔一心想要复仇，忍受住了身体上的痛苦，张开血盆大口，一口吞下了诸神之王奥丁。奥丁的儿子维达尔眼看着父亲惨死在芬里尔的利齿之下，发疯般地向巨狼冲去，杀死了巨狼，替父亲报了仇。

接下来交战的是死人之国的恶犬加尔姆和战神提尔，加尔姆用利齿死死咬住提尔，二者激战后，都因伤势过重而死在了战场上。

雷神托尔和巨蟒耶梦加得进行了一场激烈的战斗。巨蟒不断翻动庞大的身躯，以此来躲避雷神托尔的雷霆之锤，同时还不断地向托尔吐出毒汁，想把对方毒死。雷神愤怒至极，使出最大的力气将雷霆之锤向巨蟒的头部砸去，巨蟒被击中了，瞪着双眼，用尽最后的力气向雷神喷出一口毒血，哀号一声后死去了。

雷神也因此中了巨蟒的毒，支撑片刻后，还是倒在了地上。就这样，被称为诸神之国第一勇士的雷神永远地死去了。

邪神洛基原本属于诸神之国阵营，但他对奥丁充满了嫉妒和仇恨，这使他加入了诸神之国的敌方阵营。此时他正与诸神之国的守卫者海姆达尔交战。他们原本是并肩作战的密友，现在却是兵刃相接的敌人。几个回合下来，两人一起战死了。

战场上只有寥寥可数的身影仍在继续厮杀着。火焰巨人史尔特尔将手上的火焰扔向了天空，熊熊的火焰在空中发出刺眼的光芒。

很快天空燃烧起来了，大地燃烧起来了，整个宇宙都燃烧起来了。诸神之国在一片火海中灭亡了，整个宇宙的支柱——世界之树也被火焰吞没了，星星从天穹坠落，汹涌奔腾的大海将大地卷入其下，宇宙中只剩下死寂和黑暗。

诸神的黄昏结束了，极少数的幸存者逃到了宇宙的最南端。那里有一片广阔的蓝天，有一片快乐的净土，有从海中现出的大地，有一个崭新的世界！幸存者无比期待地看着眼前的一切，旧的世界被毁灭了，新的世界将会重新建立！

阅读与感悟

诸神的黄昏到来时，仇恨打破了和平。在战争中，不论是巨人、怪兽还是诸神，几乎都失去了生命。战争与和平是世界永远的主题，仇恨和战争会带来灾难，因此我们要保卫和平，共创和平。

亚洲

竹之子

一天，天气晴朗，一个少女正在河边洗衣服，突然远远地漂来了一截竹子。竹子一直在她的身边盘旋着，少女并没在意，继续洗衣服。但是，奇怪的事发生了——从竹子里传出了婴儿的哭声。

少女惊讶地捞起竹子，竹子竟自动一分为二，里面躺着一个白白胖胖的小男孩。少女惊疑了一下，便高高兴兴地抱着小男孩回家了。从此，她便把他当作亲生的孩子一般，尽心照顾他，教导他。

在少女尽心尽力的教导下，小男孩一天天长大了。少女知道他是个不平凡的小孩儿，所以，除了聘请有学问的学者教导他，还请了一些武艺高强的武师训练他。

长大后的小男孩果然不负母亲的重望，不仅活泼聪明，身体结实，而且很有才干，很受乡亲们的喜爱。

就这样，随着岁月的流逝，小男孩的学识愈来愈渊博，武艺愈来愈高强。而且难得的是，他为国家做贡献更是不遗余力。因此，年纪轻轻的他，便当上了地方官。之后，他的官阶愈升愈高，没几年，便升至全国军队的最高统帅。

从此，军队在他的统领下，战无不胜，攻无不克。人们感念他的功劳，一致推举他当他们的国王，即夜郎国国王。因为他出生于竹子里，所以人们又称他为“竹王”。

现在我国西南地区有许多“竹王神庙”，就是祭祀这位竹王的。

阅读与感悟

“竹之子”的不懈努力、勤学苦练使他不仅学识渊博，而且武艺高强。他不遗余力地为国家做贡献，最终成为一位受百姓爱戴的国王。我们也要像他一样努力学习，长大后为祖国贡献自己的力量。

避火神鸟

朱雀属火，位居南方，它的子孙多多少少都有一些避火的本事。

在众多能避火的鸟中，鸓鸟十分有名，被称为避火神鸟。

据说有一座大山起了野火，野火蔓延的速度很快，没多久就烧到了大山附近的村落。村里的人急忙救火，但在当时只能用水桶提水救火，人们想要扑灭如此大的火十分困难。

危难之际，有一只双头四足、长得像喜鹊的鸟飞来，落在大山上，大火随后便奇迹般地熄灭了。死里逃生的人们欢呼雀跃，将鸓鸟奉为神鸟，立誓从此不再伤害它。

鸓鸟就在这座大山上住了下来，鸓鸟庇佑的大山再也没有发生过火灾。

山上到处树木茂盛、郁郁葱葱，这座大山便有了“翠山”这一名字。

阅读与感悟

鷴鸟凭借自己的本领为人们做好事，受到了人们的喜爱和尊敬。我们也要用自身的能量多做有益于社会和人民的事。

百鸟朝凤

一天，伏羲巡视到西山桐林，只见金、木、风、火、土五行之精，纷纷飘落在梧桐树上。顿时，仙乐飘飘，香风习习。天空中，祥云托着两只美丽的大鸟，缓缓降落在那棵梧桐树上，其余诸鸟纷纷飞集在各处树上，朝着两只美丽的大鸟齐鸣。伏羲见到如此奇异现象，忙召来辅佐他的木神句芒问个究竟。句芒笑着对伏羲道：“这两只最大的鸟就是凤凰啊！”

别看此时的凤凰如此美丽高贵，其实很久很久以前，凤凰只是很不起眼的小鸟，羽毛也很平凡，丝毫不像传说中那般光彩夺目。但凤凰有一个优点，就是很勤劳。凤凰不像别的鸟那样吃饱了就知道玩，而是从早到晚忙个不停，将别的鸟扔掉的果实一颗一颗捡起来，藏在洞里。

可别小看了这种贮藏食物的行为，到了关键时候，这些食物可发挥大作用了！

有一年，森林大旱。鸟们觅不到食物，都饿得头昏眼花，快支撑不下去了。这时，凤凰急忙打开山洞，把自己多年积存下来的干果和草籽拿出来分给大家，和大家共渡难关。

旱灾过后，为了感谢凤凰的救命之恩，鸟们都将自己身上最漂亮的一根羽毛拔下来，制成了光彩耀眼的百鸟衣献给凤凰，并一致推举它为百鸟之王。

此后，每逢凤凰生日，四面八方的鸟都会飞来向凤凰表示祝贺，这就是百鸟朝凤。

阅读与感悟

凤凰由不起眼的小鸟变成了百鸟之王，最主要的原因是它善良、勤劳。好的习惯和品德是一个人成功的重要因素，我们要向凤凰学习。

沧海桑田

从前有两个仙人，一个叫王远，一个叫麻姑。一次，他们相约到蔡经家赴宴。到了约定的那天，王远在一批乘坐麒麟的吹鼓手和侍从的簇拥下，坐在五条龙拉的车上，前往蔡经家。只见他戴着远游的帽子，挂着彩色的绶带，佩带着虎头形的箭袋，显得威风凛凛。

王远一行降落在蔡经家的庭院里后，簇拥他的那些人一下子全部消失了。接着，王远和蔡家的人互相寒暄了一番。然后，王远就独自坐在那里等候麻姑的到来。王远等了很长时间，麻姑还没有来，他就向空中招了招手，派使者前去请麻姑。

过了一会儿，使者回来了，向王远禀报说：“麻姑命我前来向先生您致意，她说已经有五百多年没有见到先生您了。现在，她正奉命在蓬莱仙岛巡视，稍等片刻，麻姑就会前来和先生见面。”王远点点头，便在蔡经的庭院里耐心地等着。

果然，没过多久，麻姑就从空中飞了下来。蔡经家的人这才看到，麻姑仙人看起来就好像是十八九岁的姑娘。她乌黑的长发垂在身后，穿着不知道是什么材质的衣服，衣服上面还绣着美丽的花纹。麻姑与王远互相寒暄之后，王远就吩咐开席。

席上的用具全部都是用金和玉制成的，上面刻着精致的花纹；里面盛放的菜肴多是奇花异果，一打开盖子，香气扑鼻。看到这些，蔡家人觉得大开眼界。

席间，麻姑对王远说道："自从得道升仙接受天命以来，我已经亲眼见到东海三次变成桑田。刚才在蓬莱巡视的时候，我又看到海水比前一段时间浅了一半，难道它又要变成陆地了吗？"王远叹息道："唉，是呀，圣人们都说大海的水在下沉，看来在不久的将来，那里又要变成尘土飞扬的陆地了。"

宴席结束后，王远与麻姑各自招来自己的车驾坐骑，相互道别后，飞天而去。

阅读与感悟

大海变成桑田，桑田又变成大海。世事变化无常，我们能做的就是珍惜当下，多做有意义的事，不浪费一分一秒。只要有足够的知识和能力，无论世事如何变化，我们都会立于不败之地。

搅乳海

据说须弥山屹立于世界的中心——大海的正中央，这座山峰直插云霄，让人望而却步。须弥山和普通的山自是不同，它的峭壁上镶嵌着金、银、琉璃、水晶等宝物，提婆神族的天神和阿修罗族的恶神都生活在这里。

有一天，天帝因陀罗惹怒了毁灭之神湿婆的分身，湿婆非常生气，立刻降下了惩罚，提婆神族因此失去了神力和长生不老的能力。为了终止这惩罚，重新获得永生的能力，提婆神族的诸位天神决定去寻找永生的甘露。

据说这个“不死甘露”就埋藏在乳海的底部，只有先搅动乳海，才能获得珍贵无比的甘露。可是说起来容易做起来难，这是一项浩大的工程，要知道天神们现在已经没有了神力，他们的力量是远远不够的。在这种情况下，阿修罗族的恶神在保护之神毗湿奴的授意下，决定与提婆神族一起搅动乳海，同时他们约定，日后分走一半的甘露。

曼陀罗山被诸位天神合力拔起，作为搅动乳海的杵。蛇王苏吉一圈圈地缠绕在曼陀罗山上，作为搅动乳海的绳子。龟王阿拘跋罗沉到海底，把曼陀罗山放在自己的背上，为搅动乳海提供支点。阿修罗族的恶神抓住蛇王的头，提婆神族的天神抓住蛇王的尾巴，蛇王像一条绳子一样缠在山腰上，搅动乳海这件事就这样开始了。大海中的曼陀罗山不停地转动，发出了雷鸣般的响声，无边无际的乳海被搅起了巨大的漩涡，随着搅动，山上的树木和各种动物不由自主地掉进了海里，它们都葬身在了寻找不死甘露的过程中。[1]

蛇王被搅得晕头转向，时不时吐出有毒的烟雾，抓住蛇王头部的阿修罗族恶神不得不忍受蛇王的毒烟，尽管他们被熏得半死不活，还是强忍着，坚持不懈地搅动乳海。与此同时，蛇王的尾巴因为不停地挥舞，有时会招来一片祥云，有时会引来一阵细雨，这让抓住蛇王尾巴的提婆神族的天神们开心不已，沐浴在祥云细雨中的他们干得更起劲了。

日复一日，年复一年，在不停歇的搅动下，乳海的水终于变成了奶白色，几百年又过去了，乳海凝结了一层油脂。在这期间，乳海中诞生了许多女神和珍贵的宝物：从

---

[1] 不能因为自己的利益而损害他人的生命。

浪花中诞生的吉祥天女做了保护之神毗湿奴的妻子，谷酒女神去了阿修罗族，提婆神族得到了珍贵的宝石、香醇的乳牛和神奇的如意树，阿修罗族得到了弓箭和七头马，湿婆从乳海中捞起了月轮，当作头饰放在了自己的额头上。

意想不到的事情发生了，蛇王终因体力不支而口吐毒液，毒液滴进了乳海。如果毒液被蒸发，会散发出足以毁灭世界的毒烟。抓住蛇头的阿修罗族和抓住尾巴的提婆神族会因无法抵挡毒烟的伤害而放手，那时搅动乳海的事情将会功亏一篑。在这危急时刻，湿婆将毒液喝了下去，使世界避免了被毁灭的命运，只是湿婆的喉咙被

毒液灼烧成了青紫色，湿婆也因此被称为“青颈”。

湿婆喝掉毒液后，备受鼓舞的阿修罗族和提婆神族又牢牢抓住了蛇王的头部和尾巴，继续搅动乳海，这个过程又进行了上百年，最终从乳海中出现的是天医川焰，只见他手里拿着大家梦寐以求的不死甘露。

为了争夺不死甘露，提婆神族和阿修罗族爆发了大战。阿修罗族的一个恶神找准时机成功从天医的手中抢走了不死甘露，阿修罗族的恶神们立刻手舞足蹈地庆祝起来。

保护之神毗湿奴见到这个混乱的场面，灵机一动，变成了一个女子在阿修罗族面前跳舞，吸引了众人的目光。提婆神族的天神们趁机抢走了不死甘露，并迅速轮流喝下了它，他们的诅咒解除了，恢复了神力，又拥有了永生的能力。阿修罗族不再是提婆神族的对手了，他们被轻而易举地打败了，并且被驱赶到了大海的深处，提婆神族的天神们带着剩下的不死甘露重新回到了天界。

阿修罗族中只有叫罗睺的神知道不死甘露的存放地点，他假扮成天神的模样，混在天神中间，目的就是偷喝不死甘露。罗睺刚喝了一口不死甘露，尚未咽下去就被太阳神和月亮神发现并揭穿了。毗湿奴大怒，砍下了罗睺的头。由于罗睺已经喝到了不死甘露，而且甘露还在喉咙里，所以他的头就获得了永生，升上了天空，但他的身子却掉落了下去。

从那时开始，罗睺的头就留在了天上，他非常仇视太阳神和月亮神，整天在天上追逐他们，想要报仇。太阳或月亮被他抓住后就会被他吞下去，只是他没有身体，太阳或月亮很快就会从他的嗓子里逃出来。地上的人们看见了，就把这称为日食和月食。

阅读与感悟

提婆神族和阿修罗族为了搅动乳海，获得不死甘露，他们团结合作，得到了不死甘露。这个故事告诉我们：一个人的力量是有限的，单打独斗难以将事情做大做全；团结一切可以团结的力量，再大的困难也会迎刃而解。但是在得到不死甘露后，双方都不遵守诺言，互相争论，甚至开战，这种做法是不对的。

风神之子

相传在森林茂密、花果飘香的须弥山上有一个猴子部落。部落的首领是很有威望的吉萨领，他的妻子安舍那本来是一位仙女，由于犯了错，受到天神诅咒变成了一只母猴，成了吉萨领的妻子。

一天，安舍那在散步时被风神婆痪看见了。风神见安舍那气质不凡，姿态优雅得体，心中便生出了爱慕之意。风神悄悄地来到安舍那身边，轻轻地说："我是风神，我是不会伤害你的。我将送给你一个强大而聪明的儿子，他会拥有我的天赋，成为举世闻名的大英雄！"

后来，安舍那果然生下了一个儿子，是只健康的金色小毛猴。她把儿子独自留在了草地上，自己匆匆离开了。[1]

草地上的小毛猴饿得嗷嗷直哭，他看见太阳从天边

---

[1] 风神与安舍那的做法是不负责任的。

升起，以为这是一个巨大的桃子，就使劲一蹬腿，跳到了天空中，想要把“桃子”摘下来吃。众神看见一只小毛猴在天空中飞，都惊呼了起来：“天哪，那一定是风神的孩子！你看他飞得多快，就像风一样。”风神看见自己的孩子冲着太阳飞去，怕他被太阳的光芒烧伤，就使劲吹起了风，想要帮儿子降温。太阳看见这只小毛猴马上要撞上自己了，连忙侧身躲开。

一直跟在太阳身后，想要吞食太阳的罗睺也看见了这只小毛猴，他怕小毛猴和自己抢太阳，就跑到天神那里告状：“天神哪，有只小毛猴要破坏这世上的规律，想要吃掉太阳。太阳和月亮一直是我的食物，怎么能被别人抢走呢？您快去管管吧。”

天帝因陀罗听了罗睺的话，就骑上自己的坐骑，拿着金刚杵来到太阳这里。小毛猴看见没有身体的罗睺，以为那也是一个果子，就冲着他跑了过去，想要把他吃掉。小毛猴的速度快极了，罗睺吓得到处乱滚，一边滚一边喊着让天帝救救自己。天帝举起金刚杵说：“别怕，我来收拾他。”说完，他将金刚杵向小毛猴挥去。小毛猴被打到了地上，下巴摔歪了，身体也摔疼了。

小毛猴心想：“我本来想要吃点果子填饱肚子，可折腾

阅读与写作

心理描写写出了小毛猴被打后的委屈心情。

了这一大圈，不但没有吃饱肚子，还被打得头晕眼花，实在是太倒霉了。”想到这儿，他不由得号啕大哭起来。

风神见儿子受了欺负，就想要替儿子报仇。

风神来到地上，扶起正在哭泣的儿子安慰了一番后，带着小毛猴藏到了山洞里。

一连好几天，风神都躲在山洞里不肯出来。没有了风，天神没有办法下雨，空气也没有办法流通，地上的人和动物都热得喘不过气来。

众神都来到创造之神梵天的宫殿中，请梵天解救大家。梵天说：“天帝被罗睺挑拨，打了风神之子，风神是为了报复天帝才躲起来的。现在除非他自己愿意出来，否则谁也没办法创造风啊。”

为了向风神求情，众神都来到风神和他儿子藏身的山洞口，请他不要生气，赶快出来，解救苍生。

天帝因陀罗也亲自来到山洞口，恭恭敬敬地向风神道歉。但风神还是不肯原谅天帝，他说：“我的儿子摔伤了下巴，不能就这么轻易算了！”为了让风神消气，梵天要求其他天神赐福给小毛猴。

此后，小毛猴拥有了无限神力，可移动山岳，可捕捉行云，他的面容和身躯也可随意变化。风神这才带着儿子走出了山洞，吹起了一丝丝凉风。

风神出了山洞，整个世界又恢复了生机。从此以后，大家都称风神之子为“哈奴曼”，意思是“烂下巴”。哈奴曼后来凭借自己的睿智和高超的本领建立了伟大的功勋，从而享誉天下，成为人人称道的大英雄。

阅读与感悟

神猴哈奴曼出身不凡，又有众多天神赋予无边神力，本身又勇敢机敏，所以能成为举世闻名的大英雄。我们也许没有得天独厚的条件，不能成就惊天动地的大事业，但只要努力拼搏、积极进取，就能成就属于自己的辉煌。

大鹏救母

创造之神梵天有两个女儿，一个叫迦德卢，一个叫毗娜达，她们都是仙人迦叶波的妻子。

迦叶波很喜欢这两个妻子，他对她们说：“你们有什么愿望呢？我愿意帮你们每人实现一个愿望。”

迦德卢说：“我希望能生下一千个蛇子，他们个个长寿，还拥有神力。”

毗娜达说：“我只要两个儿子就够了，但是他们要勇气过人，力量超群，能力超过迦德卢的一千个儿子。”

迦叶波答应了两个妻子的要求。不久，迦德卢产下了一千个蛋，毗娜达也产下了两个蛋，她们精心地保护着自己的蛋，等待着儿子们破壳而出。

五百年后，迦德卢的一千个儿子出生了，可毗娜达的蛋还是丝毫没有动静。毗娜达看见迦德卢被儿子们围绕的样子，十分羡慕，于是她迫不及待地敲开了自己的一个蛋。这一敲可把毗娜达吓坏了，在裂开的蛋壳中，儿子的上半身已经长好，下半身却还未成形。有了这个教训，毗娜达再也不敢去碰另一个蛋。她耐心地守护着自己另一个没出生的儿子。

一天，毗娜达和迦德卢外出散步，一匹马从她们眼前一闪而过。于是姐妹二人就马的颜色打了个赌，她们约定谁输了，谁就要做对方的奴隶。

毗娜达说马是纯白色的，迦德卢说马身是纯白色的，但马尾是黑的。毗娜达觉得自己看得真切，一定能赢。可没想到的是，迦德卢使用了诡计，她让儿子们变成乌黑的毛，附在马尾上。如此一来，毗娜达自然赌输了，她不得不依照约定，来到迦德卢的领地，做了她的奴隶。[1]这时，毗娜达的另一个蛋有了动静，一只大鹏金翅鸟破壳而出，飞到了空中。大鹏金翅鸟像烈火一般发出了耀眼的光芒，众神被这光芒折服，来到大鹏金翅鸟面前，大大称赞了一番后，又请求他收起自己的光芒，以免伤害了众神。受到众神赞美的大鹏金翅鸟很高兴，

阅读与写作

此处运用了比喻的修辞手法，把大鹏金翅鸟比作“烈火”，生动形象地写出了大鹏金翅鸟光芒的耀眼。

[1] 打赌和欺骗他人的行为不可取。

于是答应了众神的要求。

为了寻找母亲，大鹏金翅鸟飞过了千山万水，终于在迦德卢的小岛上看到了自己的母亲。

毗娜达见到儿子后十分高兴，她紧紧地抱住儿子，再也不想和他分开。

从此之后，大鹏金翅鸟和毗娜达一起在岛上侍奉迦德卢。迦德卢对他们母子俩颐指气使，还总是让大鹏金翅鸟背着自己的蛇子们到处游玩。

一天，大鹏金翅鸟又被迦德卢训斥了，他不解地问毗娜达："母亲，我们为什么要听迦德卢的呢？为什么你会成为她的奴隶呢？"毗娜达把自己和迦德卢打赌的事告诉了大鹏金翅鸟。大鹏金翅鸟听了十分难过，他找到蛇子们，问道："你们想要什么呢？只要能解救我的母亲，我愿意用一切来交换。"蛇子们说："要想救你的母亲，只有一个办法，那就是拿到众神从乳海中取得的甘露。现在那甘露放在三十三重天，只要你能够带回甘露，我们就会放了你的母亲。"

听了蛇子们的话，大鹏金翅鸟毫不犹豫地出发了。路上，大鹏金翅鸟遇上了正在修行的父亲迦叶波，他问大鹏金翅鸟要到哪儿去，大鹏金翅鸟说："亲爱的父亲，为了解救我可怜的母亲，我必须到三十三重天去取甘露。请您告诉我要怎么做才能成功。"迦叶波指引大鹏金翅鸟吃掉了仙人变成的乌龟和大象，获得了无比强大的力量。获得力量的大鹏金翅鸟便来到了三十三重天。天神们早就得知了大鹏金翅鸟会来窃取甘露的消息，他们把甘露团团围住，想要保护甘露。大鹏金翅鸟扇动翅膀，刮起了一阵狂风，天神们被吹得东倒西歪。倒在地上的天神们将手中的武器拼命地向大鹏金翅鸟扔去，可是大鹏金翅鸟轻轻松松就把这些武器击落在地。他乘胜追击，一口气打败了好几个天神。

眼看大鹏金翅鸟就要得到甘露了，天神们急忙在甘露周围变出了熊熊烈火，想要阻挡大鹏金翅鸟。大鹏金翅鸟不慌不忙地张开嘴巴，将大地上的河流湖泊全部吸到了自己的肚子里，又把这些水喷在了火上，扑灭了大火。

在甘露的前方有一个巨大的刀轮，它是众神用来保护甘露的法宝。刀轮是用锋利的刀片做成的轮子，不停地旋转着。大鹏金翅鸟仔细观察了一番，将自己的身体缩到了最小，找准机会跑到刀片之间的缝隙里，彻底破坏了刀轮。

接下来，大鹏金翅鸟又遇上两条火龙，这两条火龙从口中喷出熊熊烈火，守护着甘露。大鹏金翅鸟使火龙眯了眼，趁机将火龙杀死了。

大鹏金翅鸟终于得到了甘露，他早就听说喝了这甘露能长生不老，但他一口没喝，而是马不停蹄地拿着甘露去救自己的母亲。

返回途中，大鹏金翅鸟遇上了保护之神毗湿奴，毗湿奴见大鹏金翅鸟没有喝甘露，对他十分赞赏。毗湿奴问："你有什么愿望呢？我可以满足你的愿望。"大鹏金翅鸟说："我想要长生不老。"毗湿奴一口答应了下来。大鹏金翅鸟接着说："为了感谢您，我也愿意满足您一个心愿，请您尽管提吧，只要我能做到，我一定不会拒绝。"毗湿奴说："我想让你做我的坐骑，救了你母亲之后，你就来找我吧。"

告别毗湿奴后，大鹏金翅鸟继续向前飞。这时，天帝因陀罗拿着金刚杵追了上来，想要从大鹏金翅鸟手里夺回甘露。可不管天帝怎么打，大鹏金翅鸟的身上都没有掉下一根羽毛。大鹏金翅鸟对天帝说："老实说，我对这甘露一点兴趣也没有，可是为了救我的母亲，我不得不夺走甘露。我向你发誓，我不会让任何人喝一口甘露，等我的母亲得救后，你就拿回甘露吧。"

天帝被大鹏金翅鸟的正直和孝顺所感动，他说："我愿意许给你一个恩典。你想要什么呢？"大鹏金翅鸟想到自己的母亲经常被迦德卢的蛇子们虐待，就说："我想让那些蛇做我的食物。"天帝答应了大鹏金翅鸟的请求。

回到迦德卢的小岛后，大鹏金翅鸟把甘露拿给了蛇子们，他告诉他们，只有沐浴更衣后才能够享受这甘露。蛇子们依照约定放了大鹏金翅鸟的母亲。趁蛇子们洗澡时，天帝取走了甘露，将它带回了三十三重天。

之后，大鹏金翅鸟成了毗湿奴的坐骑，拥有了永生的能力，而且每当他看见蛇时就会将其吞掉。

阅读与感悟

大鹏金翅鸟历经千辛万苦后终于取得了甘露，救出了母亲，他的孝顺和正直感动了天帝，也触动了我们。我们要学习他孝顺、正直的品质，也要学习他不怕困难、勇往直前的精神。

巴比伦的创世纪

在宇宙尚未形成时，到处是一片混沌和黑暗，没有天，没有地，也没有一丝生机。在那个让人无法想象的宇宙中，只有两位天神蜷在里面。他们是负责统治淡水的神阿普苏和负责统治咸水的神提亚玛特。

不知过了多少亿年，阿普苏统治的淡水和提亚玛特统治的咸水混合到了一起，他们生下了许多孩子。

随着时间的推移，阿普苏和提亚玛特的后代变得越来越多。这些年轻的神根本不遵守宇宙的秩序，整天嬉戏胡闹，阿普苏和提亚玛特被他们骚扰得根本不能好好休息。终于有一天，阿普苏再也无法继续忍受下去了，他把提亚玛特和一个叫穆穆的神叫到了一起，一同商讨如何处置这些不守秩序的神。

“这些年轻的神实在是太无法无天了，必须给他们点颜色看看，我认为最好把他们全都杀掉，这样宇宙才能恢复安宁和平静。”阿普苏怒气冲冲地说。

提亚玛特拒绝了阿普苏的提议，她说：“他们的行为确实很讨厌，但他们都是我们的孩子，我们怎么能狠心地将他们杀掉呢？我觉得我们还是应该给他们一些机会。”

穆穆看了看阿普苏，又看了看提亚玛特，说：“我同意阿普苏的提议，他们确实太不像话了，依我看，无论再给他们多少次机会，他们也不会改变的。除了除掉他们，我们没有别的办法了。”

得到了穆穆支持的阿普苏下定决心除掉这些年轻的神。

然而，这个消息很快就传到了孩子们的耳中，他们决定先下手为强，在阿普苏动手之前先制服他。可是阿普苏的力量十分强大，要如何才能打败他呢？聪明又勇敢的水神埃阿想到了一个好主意，他使用咒语催眠了阿普苏，趁他睡觉时杀了他，并夺走了他的王冠。就这样，在这场斗争中，年轻的神们取得了胜利。[1]

之后，埃阿和妻子达姆吉娜在阿普苏统治的淡水区域建立了自己的宫殿，他们生下了一个叫马尔都克的孩子。马尔都克是与众不同的双体神，他有两个身体、四只眼睛

---

[1] 以暴制暴是不对的，父母管教不了孩子，我们应寻求正确途径解决问题。

和四只耳朵，最特别的是，他的口中能喷出熊熊火焰。

与此同时，埃阿的兄弟——天神安努创造出了风，他整天带着风到处走，狂风将提亚玛特所统治的咸水区域吹得乱七八糟。忍无可忍的提亚玛特决定创造出怪兽来对付这些年轻的神，替死去的丈夫报仇。提亚玛特一口气创造了许多怪物，比如毒蛇、巨龙、巨狮，还有半人半马的怪兽和半人半蝎的怪兽。

年轻的神们知道自己不是提亚玛特和怪兽的对手，谁也不敢主动迎战。这时，埃阿的儿子马尔都克站了出来，他说：“我愿意去对付这些怪兽，保护众神。”为了让众神相信自己，马尔都克向他们展示了自己的神力。见识到马尔都克的神力后，众神心悦诚服地奉他为众神之王，他们将自己的武器都送给了马尔都克，安努也把自己创造出的风借给了马尔都克，大家都期待着马尔都克能得胜而归。

战斗开始了，马尔都克怒气冲冲地对提亚玛特说：“你为什么要对付自己的孩子呢？你应该好好爱他们，保护他们才对。既然你要和我们作对，那就让我看看你的本事吧。”提亚玛特听了马尔都克挑衅的话，气得浑身发抖，她大叫着向马尔都克冲了过去。马尔都克用巨大的网套住了提

阅读与写作

此处运用“大叫”“冲”这两个动作表现了提亚玛特对马尔都克的怒气。

亚玛特。气疯了的提亚玛特张开了大嘴，一口吞掉了马尔都克。马尔都克趁机把风带到了提亚玛特的肚子里，风上下翻滚，把提亚玛特的肚子撑到了最大。最后，马尔都克拿出了巨大的弓箭，射死了她。

提亚玛特死后，马尔都克把她的身体分成了两半，一半变成了天空，另一半变成了大地，提亚玛特的唾液则变成了天上的云朵。接着，马尔都克把提亚玛特的头变成了大地上的高山，让底格里斯河和幼发拉底河从她的双眼中流了出来。马尔都克让安努统治天空，让自己的父亲埃阿统治大地，让一个叫恩利尔的神统治天地之间的空间。

之后，马尔都克又创造出了太阳和月亮，把天上的星星分为十二星座，规定每一位天神都要找一个自己的星座，而且要时刻监督它们，使它们按照各自的轨道运行。他还将一年分成了十二个月，又把每个月分成了三十天，命令月神每天以不同的大小出现，这样众神就能够通过月亮的形状来判断日子。

最后，马尔都克创造出了人，让他们在大地上生活，生生世世侍奉神灵。从那以后，天神们过上了舒适的生活，因为人类接替了他们的工作，而且经常给他们送去各种祭品。人类也从天神那里获得了祝福，世代繁衍下去，世界变得越来越热闹了。

创造出天和地后，马尔都克又在大地上修建了一座富丽堂皇的庙宇，把它叫作“巴比伦”，这是众神在大地上的住所。巴比伦建好后，众神都聚集在这里，他们将众神之王马尔都克的功绩告诉了人类，并教导他们要永远敬仰和爱戴马尔都克。

阅读与感悟

在众神的争斗中，马尔都克勇敢地站了出来，打败了提亚玛特和怪兽，保护了众神，成了众神之王，并创造了人类和巴比伦。我们要像马尔都克一样，有不怕困难的精神，勇敢地迎接挑战。

吉尔伽美什与恩奇都

吉尔伽美什是乌鲁克国王卢加尔班达的孩子，但他七分是神，三分是人。为什么这样说呢？原来在人类刚被创造出来时，人间秩序井然，但随着人口数量的增多，人间开始出现杀戮和争斗。众神意识到了问题的严重性，于是纷纷来到天神安努那里商量对策。商讨之后，众神决定创造一个符合他们心意的人间统治者，在人间创建秩序。

大神乌鲁鲁用深海海底的上等泥团捏出了一副魁梧的身躯，生育之神赋予了他男性的魅力，太阳神赋予了他英俊的外表，雷神赋予了他无穷的力量和勇气，智慧女神赋予了他智慧。

在众神的努力下，这个人间的统治者降生在了乌鲁克国，他就是吉尔伽美什。

吉尔伽美什长大后，继承了父亲的王位，成了乌鲁克国的国王。因为超凡的武力和智慧，吉尔伽美什很快征服了这里的居民。在他的统治下，人间秩序井然，没人敢再生事端。众神都为此感到高兴。

吉尔伽美什在武力、勇气和智慧方面是当之无愧的大英雄，但作为国王，他却不是一个贤明的君主。他在乌鲁克国里为所欲为，常常仗着自己的权势欺压士兵和百姓。他的残暴统治很快激起了民愤，可是他勇武异常，没有人是他的对手，所以人们无力反抗。

阅读与写作

此处过渡巧妙，先是肯定了吉尔伽美什在武力、勇气、智慧方面的能力，同时指出他的缺点，引出下文对吉尔伽美什残暴统治的描写，承上启下。

最后，饱受折磨的百姓将吉尔伽美什的暴行告诉了天神安努，祈求天神的帮助。天神安努听到了百姓的诉说，便让大神乌鲁鲁再创造一个与吉尔伽美什同样出色的人，让这个人去对抗吉尔伽美什。

大神乌鲁鲁回到家后，用一块湿泥捏出了半人半兽的英雄恩奇都，并赐予他和吉尔伽美什一样的勇气和力量，让他去对付吉尔伽美什。

恩奇都找到吉尔伽美什后，和他大打出手，他们从天亮打到天黑，又从天黑打到天亮，始终不分胜负。最后，筋疲力尽的吉尔伽美什被恩奇都打败了，但他心中却对恩奇都产生了一种惺惺相惜的情感。就这样，吉尔伽美什和恩奇都成了一对好朋友。恩奇都跟随吉尔伽美什一起回到了乌鲁克的王宫，成了吉尔伽美什的得力助手。

吉尔伽美什听说森林中有一个名叫洪巴巴的怪兽到处作恶，搞得生灵涂炭，而且绑走了女神伊什塔尔，于是向恩奇都征询意见。恩奇都劝吉尔伽美什不要去冒险，并说那个怪兽十分可怕，它的叫声能引起山洪暴发，嘴巴能喷出烈火。吉尔伽美什却毫不畏惧，他告诉恩奇都不要长怪兽志气，失了英雄气概，哪怕是战死也可以流芳百世。

为了打倒怪兽洪巴巴，吉尔伽美什和恩奇都带着五十个年轻人来到了怪兽所在的雪松林。面对巨大的怪兽，吉尔伽美什鼓起勇气说："我是乌鲁克的国王，今天我来这里就是为了杀死你。"洪巴巴不屑地看着吉尔伽美什，它不相信眼前这个人能够打败自己。

这时，太阳神沙玛什刮起了一阵强风，帮吉尔伽美什困住了怪兽。吉尔伽美什和恩奇都趁机一冲而上，把洪巴巴杀了。

吉尔伽美什杀死怪兽的消息传遍了整个乌鲁克国，就连天神也对他的勇气敬佩不已。

女神伊什塔尔对吉尔伽美什十分敬佩和倾慕，一心想要做他的妻子。于是，伊什塔尔来到凡间，对吉尔伽美什说："大英雄，请你和我结婚吧。"

吉尔伽美什却对伊什塔尔一点也不感兴趣，他拒绝了女神的求婚。伊什塔尔气坏了，她派了一头天上的公牛来对付吉尔伽美什。勇敢的吉尔伽美什和恩奇都与天牛展开了殊死搏斗，他们合力杀死了天牛。伊什塔尔借机找天帝告状：“吉尔伽美什和恩奇都这两个人居然杀死了天上的神兽，实在罪不可赦，请赐死他们中的一个吧。”最后，天帝决定杀死恩奇都。

恩奇都死后，吉尔伽美什伤心不已，他第一次感觉到了死亡的可怕。吉尔伽美什听说“天涯人”乌塔纳庇什庭知道如何才能变成长生不老的天神，就踏上了寻找“天涯人”的旅程。吉尔伽美什翻山越岭，跨过了茫茫草原和无边的沙漠，历经千辛万苦，终于找到了乌塔纳庇什庭。乌塔纳庇什庭对他说：“你要想变成天神，获得永生的能力，首先要拥有像天神一样无穷无尽的精力。如果你能不眠不休连续走上六天七夜，我就把成为天神的方法告诉你。”

吉尔伽美什头也不回地走了起来。当夜幕降临时，吉尔伽美什努力睁大双眼，想要坚持下去，但是困意止不住地袭来，他还是睡着了。吉尔伽美什醒来后，失望地看着乌塔纳庇什庭，他知道自己想要获得永生的愿望落空了。乌塔纳庇什庭安慰道：“你已经拥有了比普通人强大的能力。你能够杀死怪兽，也能够制服天牛，还能够治理好国家。你身上的英雄气概就是上天送给你最好的礼物。所以，不要再伤心流泪了，也不要再惧怕死亡，利用你的天赋去帮助更多的人吧。”

听了乌塔纳庇什庭的话，吉尔伽美什顿悟了，他不再为生命的不公而抱怨，也不再畏惧死亡，决定做一个好国王。在吉尔伽美什离开前，乌塔纳庇什庭同他说：“虽然我不能让你永生，但是我能让你在活着的时候永葆青春。在海底有一种仙草，它能够让你永远不会变老，你想办法去得到它吧。”

吉尔伽美什在自己的两只脚上绑上了大石头，带着一把剑来到海底，采到了仙草。他小心翼翼地把仙草收藏好，踏上了回家的旅程。在路上，一条蛇闻到了仙草的香味，偷走了仙草。等吉尔伽美什发现时，蛇已经把仙草吃完了。吃下仙草的蛇蜕下了一层皮，变成了年轻时的模样，游回了河里。吉尔伽美什看着重获青春的蛇，叹了一口气说：“既然天命如此，我只能两手空空地回家了。”

吉尔伽美什经历了这个漫长的旅途，已经不像一开始那样冲动和莽撞了，他开始学着让自己平静下来。

回到乌鲁克国后，吉尔伽美什不再欺压百姓，他和善地对待每一个臣民，帮助他们解决困难，保护他们不受欺凌，将国家治理得井井有条。

吉尔伽美什没有获得永生的能力，但是乌鲁克国却得到了一位好国王。

阅读与感悟

吉尔伽美什一开始是个暴君，在他的好朋友恩奇都死后，他顿悟了，决心做一位好国王。读了这个故事，我们和吉尔伽美什一样明白了生命的神圣，我们不要一味抱怨命运的不公平，而是要用自己的双手创造属于自己的辉煌。

菜豆男孩

从前，在巴比伦有一对夫妻，他们一直没有孩子。夫妇俩每天都虔诚地祈祷，祈求上天能够送给自己一个孩子。

有一次，妻子在做饭时不小心把一颗菜豆掉到了地上。这颗菜豆竟奇迹般地变成了一个孩子，孩子冲着妻子喊：“妈妈，妈妈。”一开始，妻子还以为是自己听错了，后来，孩子的叫声越来越大，妻子才顺着声音看了过去。只见厨房里站着一个可爱的小男孩，他不停地喊着“妈妈”。妻子高兴极了，她一下子抱起小男孩，给他取名“菜豆男孩”。

从此以后，菜豆男孩就和这对老夫妇生活在了一起，他为老夫妇带来了许多欢声笑语。

一天，菜豆男孩和其他孩子一起在森林里玩，他们玩得太开心了，一直到天黑才想起回家。

阅读与写作

此处用简洁凝练的语言描绘了孩子们走夜路时害怕的样子，渲染了恐怖的气氛。

夜幕降临了，森林里变得阴森森的，孩子们手拉着手，壮着胆子向前走。突然，一阵可怕的风刮了过来，一个魔鬼拦住了孩子们的去路，他不怀好意地说："现在天已经黑了，你们这样走太不安全了，万一碰到狼就会送了性命。不然你们今晚去我家住吧，明天天亮了再继续赶路。"说完，魔鬼阴险地笑了起来。

孩子们吓得瑟瑟发抖，谁也不敢说话。菜豆男孩看了看魔鬼，又看了看身边的朋友们，心想："现在要是不答应他，恐怕他立刻就会把我们吃掉，不如先到他家去，再找机会逃走。"想到这儿，菜豆男孩就对魔鬼说："好吧，那我们就去你家里休息一晚吧。"

一到家，魔鬼就催促着孩子们赶紧去睡觉，他想趁孩子们睡觉的时候把他们吃掉。过了一会儿，魔鬼见孩子们没了动静，就偷偷地来到孩子们的房间，轻声地问："孩子们，你们都睡了吗？谁还没有睡？"

菜豆男孩大声回答："菜豆男孩还没有睡。"

魔鬼懊恼地说："你为什么还不睡？"

菜豆男孩答道："妈妈每天在我睡觉前都要给我做好吃的。不吃东西我就饿得睡不着。"

为了让菜豆男孩能尽快睡着，魔鬼一边抱怨一边去给他做饭。饭做好后，菜豆男孩把其他孩子也叫醒了，让他们和自己一起吃东西。吃饱后，孩子们又躺下了。

又过了一会儿，魔鬼再次来到孩子们的屋子里，问道："谁还没有睡？"菜豆男孩又大声回答："菜豆男孩还没有睡。"魔鬼不耐烦地问他为什么还不睡，菜豆男孩告诉魔鬼，自己每天晚上都要喝了月亮海的水后才能睡。魔鬼气得直跳脚，但为了让菜豆男孩睡着，他还是提着桶去打水了。

菜豆男孩知道月亮海在遥远的水晶山后面，来回得三个小时。于是，魔鬼走后，他就叫醒了其他孩子，让大家赶紧跑到森林里藏起来。小伙伴们都很感谢菜豆男孩，拉着他想要一起走。但是菜豆男孩却摇了摇头说："你们先走吧，我要留下来除掉魔鬼。放心吧，等我杀死魔鬼后就去找你们。"

三个小时后，魔鬼气喘吁吁地回来了，他看见家里只剩下一个孩子，气得吹胡子瞪眼。魔鬼张开大嘴，想要把菜豆男孩吃掉，可是他转念一想："菜豆男孩把我折腾得团团转，我也得折磨折磨他才行。"于是，魔鬼把菜豆男孩装到了袋子里，用绳子紧紧地把袋子口绑了起来，不耐烦地出去找棍子了。

菜豆男孩趁机在袋子上撕了个口子，从袋子里钻了出来，他把魔鬼家里的猫放进了袋子里，自己则躲在了一边。魔鬼拿着棍子回来了，他恶狠狠地抽打着袋子，袋子里的猫发出了撕心裂肺的叫声。魔鬼急忙打开袋子，发现自己最喜欢的猫已经被打昏了。魔鬼简直要气炸了，他发疯般地在屋子里四处寻找，不一会儿就把菜豆男孩找了出来。魔鬼张开嘴巴，要吞掉菜豆男孩。这时，菜豆男孩说："你就这么吃了我多没味道哇。不如你去烙两张大饼，再把我夹在中间，那吃起来才有滋有味。"魔鬼听了菜豆男孩的话，馋得直流口水。他走到厨房，烧起火，开始烙大饼。菜豆男孩趁魔鬼不注意时，一把把他推到了火炉里。不一会儿，魔鬼就被烧成了灰烬。

就这样，菜豆男孩用自己的智慧救了孩子们，杀死了魔鬼，成了远近闻名的大英雄。

阅读与感悟

遇到魔鬼时，其他孩子很害怕，菜豆男孩却临危不惧，机智地想对付魔鬼的办法，救了大家。这个故事告诉我们，在遇到危险时不要惊慌失措，要保持镇定，理智地想办法来解决困难，保护自己。

美洲

太阳神孔蒂拉雅

太阳神孔蒂拉雅为人间带来了光明，深受万民敬仰，但是他生性调皮，经常搞恶作剧。在闲暇时，孔蒂拉雅会故意穿上破破烂烂的衣服，把自己打扮成乞丐的样子，到处游玩。

有一次，孔蒂拉雅听说人间有一个名叫考伊拉的姑娘。她的头发柔顺飘逸，犹如瀑布悬垂于半空；她的眼睛明亮澄澈，犹如闪闪发光的宝石；她的面庞白皙光滑，犹如天边的明月；她的牙齿整齐洁白，犹如闪烁的珠贝。但是她非常骄傲，拒绝了许多人的求婚，就连对天上的神也不屑一顾。于是，调皮的孔蒂拉雅想

阅读与写作

此处运用了比喻修辞和排比修辞，抓住头发、眼睛、面庞、牙齿几个方面对考伊拉进行描写，把考伊拉的美貌展现得淋漓尽致。

要逗一逗考伊拉。他趁考伊拉在树下乘凉时，施展法术，变出了一颗鲜红的果子，果子从树上掉落下来，正好落在考伊拉的面前。考伊拉见这颗果子鲜红喜人，看上去十分好吃，就捡起果子吃了下去。不久，考伊拉怀孕了，九个月之后，生下了一个男孩。

考伊拉不知道自己的孩子从何而来，更不知道孩子的父亲是谁，她暗自猜测孩子的父亲一定是一位天上的神，于是她虔诚地祈求众神能够显灵，让她找到孩子的父亲。众神都十分喜欢这个美丽的女子，他们梳起了漂亮的发型，穿上了华美的衣服，风度翩翩地来到考伊拉的面前，只有太阳神孔蒂拉雅穿得邋里邋遢，简直和乞丐没什么两样。

考伊拉扫视了一眼众神，觉得除了那个让人讨厌的孔蒂拉雅，谁都有资格做孩子的父亲。她说："尊敬的神灵啊，我日日夜夜地祈祷，祈求你们来到我的面前，是因为我想知道到底谁才是我孩子的父亲。"众神你看看我，我看看你，谁也没有说话。考伊拉接着说："既然你们都不愿意说，那我就让孩子自己找父亲。"说完，她把自己的孩子放到了地上，轻轻地对他说："孩子，现在你去找自己的父亲吧。"

地上的小婴儿摇摇晃晃地向前爬去，他从众神面前爬过，一直来到最后一个位置才停了下来。这里坐的不是别

人，正是打扮成乞丐的太阳神。婴儿伸出手，抱住了他的大腿，怎么也不肯松开。考伊拉失望极了，她走了过去，抱起了自己的孩子，喃喃自语道："孩子的父亲怎么会是一个乞丐呢？这难道是上天对我的惩罚吗？"说完，考伊拉抱着孩子，头也不回地离开了。

太阳神这才知道自己闯了祸，他变回了本来的样子，立刻追了出去，一边追一边喊道："亲爱的考伊拉，我就是孩子的父亲。你回头看看我的样子！"考伊拉愤怒地说："我刚才已经看见了，现在我再也不想看见你了，请你离开吧。"她一边说一边加快了脚步，向海边跑去。

太阳神愣住了，他心想："我刚才的样子一定把她吓坏了，这次我一定要找到她，向她赔礼道歉。"等他回过神来时，考伊拉已经不见了踪迹。

太阳神急忙追了过去，走了一段路却始终没有见到考伊拉母子俩，于是太阳神问天上的兀鹫：“亲爱的兀鹫，你有没有看见考伊拉和孩子呢？我正在找他们。”兀鹫说：“他们就在不远处，你只要加快速度，很快就能追上了。”太阳神很感激兀鹫的帮助，他对兀鹫说道：“谢谢你的帮助，从今以后你将会拥有永生的力量，你可以在高山上肆意翱翔，可以吃任何动物的尸体，如果有人敢杀死你，那么他就会遭到上天的惩罚。”

太阳神继续向前追，看见一只臭鼬在路边，就问道：“亲爱的臭鼬，你有没有看见考伊拉和孩子呢？我正在找他们。”臭鼬想了想，说：“恐怕你追不上他们了，我刚才看见他们已经跑远了。”太阳神生气极了，他愤怒地说：“从此以后，我再也不想看见你，如果让我看见你，我就会处罚你。除此以外，你身上还会散发出难闻的臭味，动物们都会嫌弃你，远远地躲开你，人们一看见你就会捕杀你。”从此以后，臭鼬只敢在没有太阳的晚上出来活动。

太阳神又追了一段路，遇见了一只美洲狮，他问美洲狮是否见过考伊拉。美洲狮说：“你只要坚持不懈，就一定能追上她！”太阳神高兴地说：“我封你为百兽之王，从现在起，所有的动物都会害怕你，敬畏你。”[1]

---

[1] 凭自己的喜好对动物们赐福或下诅咒是不对的。

之后，太阳神又遇上了狐狸、鹦鹉和苍鹰，狐狸和鹦鹉都说太阳神追不上考伊拉，苍鹰却说他一定会追上考伊拉。太阳神诅咒道：“可恶的狐狸，从今以后我会让人们一看见你就追杀你，在你死后，还要把你的尸体扔在森林里。至于鹦鹉呢，我会给予你学人类说话的能力，这样人们会把你当成买卖的商品，把你囚禁在笼子里，你将会永远失去自由。”接着，太阳神又对苍鹰说：“你会拥有好运的，每天都会有一只小鸟作为你的食物，大家都会尊敬你。”

就这样，太阳神孔蒂拉雅给在路上遇到的各种飞禽走兽赐福或诅咒：凡是说吉利话的，都被他赐予了福气；凡是说丧气话的，都被他施予了诅咒。当他走到海边时，发现考伊拉和孩子的身体已经变成了石头，矗立在岸边。太阳神看见岸边的石头，难过极了，他决定今后再也不随便搞恶作剧了。

阅读与感悟

太阳神的恶作剧导致考伊拉和孩子变成了石头。这个故事告诉我们，不要随便搞恶作剧，它有可能对自己或他人造成危害。

青蛙神

很久以前，玛雅有个有钱人，他有许多田地，种了很多庄稼。一天早上，这个有钱人像往常一样去庄稼地里巡视，惊讶地发现自己的地里一片狼藉，丢了许多庄稼。他叫来三个儿子，从早到晚收拾了一天，好不容易才把庄稼地收拾好。第二天，有钱人的庄稼地又是一片狼藉。这下有钱人气坏了，他发誓一定要找到破坏庄稼地的捣蛋鬼。

有钱人把三个儿子叫到身边，对他们说：“你们谁能够抓住偷庄稼的贼，我就把家产全部交给他。”听了父亲的话，三个儿子都摩拳擦掌，想要抓住捣蛋鬼，得到财产。

老大第一个出发了。傍晚时分，他骑着骏马，拿着猎枪，意气风发地赶往庄稼地。路上，老大遇上了一只青蛙。青蛙坐在池塘边，呱呱地叫个不停。老大被这叫声弄得心烦意乱，他下了马，来到青蛙身边，大声呵斥道：“不要再叫了，好运气都要被你叫走了！”

青蛙说："你带上我一起走吧，我会告诉你是谁偷了庄稼。"

"我才不会相信你的鬼话。你一只小小的青蛙怎么能知道这些呢？"说完，老大抓起青蛙，把它扔到了池塘里。等老大赶到田地时，田地里已经变得乱七八糟了，庄稼又被偷走了。老大气得吹胡子瞪眼，一夜都不敢合眼，生怕再错过偷庄稼的贼。可一直到天亮，小偷也没有再出现，失望的老大只得灰溜溜地回家了。

父亲见老大回来了，急忙问道："昨晚小偷去了吗？你抓到小偷了吗？"

老大垂头丧气地说："我到的时候小偷已经走了，我没有抓住他。"

父亲叹了口气，说："看来你不是继承人的人选哪。"

老二见大哥无功而返，不由得暗自窃喜，他对妻子说："大哥没有抓住小偷，三弟又笨笨傻傻的，这继承人肯定是我了。今天你给我准备好食物和马车，等着我得胜归来吧。"

下午，老二坐着马车出发了，他打算先睡一觉，养足精神，晚上再好好抓小偷。路过池塘时，老二被青蛙的叫声吵醒了，他烦躁地下了车，冲着青蛙嚷道："你叫什么叫，惊了我的好梦。快闭嘴！"

青蛙说："你带我一起去吧，我会帮你抓住偷庄稼的小偷的。”

听了青蛙的话，老二笑得前仰后合，他指着青蛙说：“就凭你？你还能抓住小偷？这是我听过的最好笑的笑话了。你最好闭上你的嘴，让我好好地睡一觉。”说完，老二返回车里睡觉去了。青蛙见老二看不起自己，就偷偷地溜到马车上，偷走了老二的食物。

老二来到庄稼地时，看见一只五彩斑斓的大鸟正在偷吃庄稼，他急忙举起猎枪，想要打死大鸟。可是机警的大鸟“嗖”的一下飞走了。老二在庄稼地里转了好几圈，只捡到了几根羽毛。整整一夜，老二都睁大了眼，等待着大鸟再次出现，但是一直到天亮，大鸟也没有出现。熬了一夜的老二又累又饿，想要找食物吃，可是怎么也找不到，他只得坐着马车回家了。

老二一进门，父亲就问：“你抓住小偷了吗？”

老二眼珠一转，说：“父亲，我已经把小偷打死了，您把财产都交给我吧。”说完，他掏出大鸟的羽毛给父亲看。

老三说：“你说你把大鸟打死了，可是怎么只拿回几根羽毛呢？父亲，你等我把大鸟抓回来吧。”说完，老三带着猎枪和食物出发了。

路上，老三也在池塘边遇上了青蛙，他停下来，恭恭敬敬地对青蛙说：“亲爱的青蛙，你知道如何抓住偷庄稼的大鸟吗？如果你能帮助我的话，我就把自己的食物都送

阅读与写作

这段话写出了老三对青蛙尊敬的态度，同时也表现了他愿意听取别人意见的性格特点。

给你，今后还会把你带在身边，用美味的食物喂养你。”

青蛙笑着说：“你是最善良也是最聪明的小伙子！你的两个哥哥有眼无珠，不肯听我的话。这个池塘底下有一块神石，它能够满足你的所有愿望。”原来，这不是一只普通的青蛙，而是青蛙神。

老三听了青蛙神的话，急忙说：“尊敬的青蛙神，谢谢你的指点。我没有别的愿望，只想娶个贤惠的妻子，神石能帮助我吗？”

青蛙神一口答应了下来，它说：“没问题，神石不光能让你娶个贤惠的妻子，还能让你住上舒适的大房子，过上幸福的生活。”

“足够了，足够了。有这些我就已经很满意了。”老三点点头，把自己的食物送给了青蛙神，带着它一起上路了。

到了庄稼地，老三见一只大鸟正在偷吃庄稼，就举起了猎枪。青蛙神急忙说：“快放下枪，你难道想打死你贤惠的妻子吗？”老三放下枪，惊讶地看着青蛙神：“这是我的妻子？”青蛙神点点头。

这时，大鸟飞到老三跟前，说：“我本来是个姑娘，可恶的魔法师想要让我嫁给她的儿子，我不愿意，她就把我变成了现在这个样子。我实在是太饿了才会到这里吃庄稼的。”

老三对大鸟说：“如果我让你变回人的话，就请你嫁给我做我的妻子吧，我们会在一座舒适的大房子里一起幸福地生活。”

大鸟答应了他的请求。

回到家后，父亲和两个哥哥见老三带回了一只大鸟和一只青蛙，都惊讶得张大了嘴。老三说：“父亲，我把偷庄稼的大鸟带回来了。这大鸟其实是一个姑娘，因为魔法师的诅咒才会变成这个样子。她恢复人形后，会做我的妻

子，我们会在一个大房子里过幸福的生活。”

“老三，你昏头了吧！大鸟怎么会是你的妻子呢？”大哥说。

“就是，你胡说八道什么呢？还有这只讨厌的青蛙，你把它带回来干什么？”二哥厌恶地看着青蛙神说。

老三笑了笑，对青蛙神说：“尊敬的青蛙神，现在该你兑现诺言了吧！”

青蛙神对着大鸟呱呱地大叫了几声，神奇的事情发生了，大鸟变成了一个漂亮的姑娘。她娇羞地看着老三说：“谢谢你救了我。”接着，青蛙神又变出了一座漂亮的大房子。从此之后，老三和妻子就生活在这座房子里，青蛙神也和他们生活在一起。

阅读与感悟

老大和老二看不起池塘边的青蛙，错过了抓住大鸟的机会。老三尊重青蛙，得到了青蛙神的帮助，实现了自己的愿望。我们不能以貌取人，要有礼貌地对待他人，这样才能得到别人的尊重和帮助。

创始者

很久以前，在一个古老的村子里，生活着一对善良的姐妹，她们靠挖蕨根为生。蕨根大多生长在深山老林里，因此姐妹俩经常要在林中待上好几天。

一天晚上，姐妹俩又在林中过夜，她们躺在地上聊天。妹妹看着天上的星星说：“姐姐，你说这些星星会不会说话呢？它们在天上是如何生活的呢？”

姐姐笑着说：“傻妹妹，你问我我也不知道，我又没去过天上，怎么会知道这些呢？也许每一颗星星都是一个神吧。”

“那我们以后就嫁给星星吧，你嫁给那颗又大又亮的星星，我嫁给那颗小小的红色星星。”妹妹异想天开地说。姐妹俩聊着聊着就睡着了。

姐妹俩醒来后发现自己不在山林里，而是到了一个陌生的地方。这时从远处走来两个人，一个是年岁稍长的长者，一个是英俊健壮的小伙子。长者微笑着告诉两姐妹，这里是天上。

原来天上的星星听到了姐妹俩的对话，就将姐妹俩接到了天上。姐姐嫁给了那颗又大又亮的星星，也就是那个年岁稍长的长者；妹妹则嫁给了小红星，也就是那个年轻的小伙子。

结婚后，姐妹俩发现天上的生活和人间没有什么不同，她们每天仍像之前一样不停地挖蕨根，唯一的区别是她们的丈夫不允许她们挖长的蕨根，只让她们挖短的蕨根。

有一次，好奇的姐妹俩打算挖个长的蕨根试试。

她们不停地挖呀挖呀，一直顺着蕨根挖到了天空的最底端。她们在天空上挖了一个洞，从洞里向下张望，看到了高山，看到了湖泊，看到了森林和大海。

姐妹俩想家了，于是商量着偷偷回家去。她们用雪松枝做了长长的绳子，从天空的洞里爬到了地上。

回家没多久，姐姐就生下了一个白白胖胖的儿子。每当姐妹俩出门干活时，她们就会把这个孩子寄放在隔壁一个盲人老奶奶家里。

一天，姐妹俩回到家，发现放在盲人奶奶家里的孩子不见了，摇篮里只有一根木头。姐妹俩立刻分头去找，可找了很久都没有孩子的踪影。姐姐伤心极了，她把那根木头雕刻成了一个孩子的形状，以寄托对孩子的思念之情。

很多年后，一只蓝松鸡无意中闯入了一片从未去过的土地，遇到了一个年轻小伙子。

蓝松鸡对小伙子说："你妈妈一直在找你呢，你快回去看看她吧。"

小伙子点点头，平静地说："我是天神的化身，是创始者，是星星之子。我是该回去了。我要把我做的东西都带回去，还要把善良、互助、友爱的美德带回去。现在你马上回去，告诉那里的人们，创始者就要到了，他会消灭世间一切罪恶，把美好赐给人间。"

蓝松鸡回去后，把创始者要来的消息告诉了大家。没多久，蓝松鸡遇见的那个小伙子就来了，他把自己做的篮子、衣服、武器和其他的日常用品送给了大家，还教给他们做这些东西的方法。

创始者还带来了种子，帮人们把种子种在地里，让地里长满了庄稼。

邪恶的火魔见人们过上了幸福的生活，就放了一把大火，大火烧毁了创始者的房子。

最后，火苗烧到了创始者的身边，创始者拼命逃跑，可火苗依然紧追不舍。走投无路的创始者向石头求救：“亲爱的石头哇，请你帮帮我。”

可石头说：“不行，我帮不了你，我碰到火会熔化的。”

创始者又求大树帮帮他，可大树说：“不行，我会被火烧焦的。”

创始者向小河求救：“小河呀，水能够灭火，你帮帮我吧。”

小河说：“我的水太少了，遇到火会被烤干的。”

这时，一条不起眼的小路说：“我来帮你吧。你可以躺

阅读与写作

此处通过创始者与石头、大树、小河的对话，写出了石头、大树、小河为了自己而不去帮助他人的态度，从而衬托出后面不起眼的小路乐于助人的美好品质。

在我的身上，大火伤不了你的。”

创始者躺在小路上，大火从他的头上飞过，没有伤到他一分一毫。

创始者向小路道谢后，找到火魔复仇。他杀死了火魔，把火魔的尸体变成了许多小虫子，让它们永远生活在阴冷潮湿的角落里。

为了感谢小路的帮助，创始者让小路可以无限延伸，伸到自己想去的任何地方。同时，他把见死不救的石头和小河变成了没有生命的东西，又让森林时刻面临着被火烧的危险。

在这场大火中，许多人被烧死了，只有少数幸运的人存活了下来。

创始者想用黏土再捏些新的人，但是地上的黏土早已混合了大火燃烧后的灰烬，创始者怕沾染了邪恶的黏土无法创造出善良的人类，于是用玉米粉捏出了一种新的人类——印第安人。

世界开始重新运转了，创始者教会了印第安人生活的技巧，告诉他们如何用草药治病，还发明了许多乐器，把美妙的音乐带给了人类。

最后，创始者来到自己小时候的家，他看见了照顾他的老奶奶的房子，看见了母亲从天上爬下来用的雪松绳变成的悬崖……

创始者看看天空，觉得天上太暗了，他纵身一跃，爬上了悬崖，跑到天空中，变成了散发光芒的太阳，为世界照明。

阅读与感悟

邪恶的火魔用大火烧毁了创始者的房子，创始者在小路的帮助下躲过大火，再次创造了美好的世界和善良的人类。在通往成功的路上，我们会遇到许多挫折，也有可能遭遇失败，但是只要心怀理想，坚持不懈地努力，从失败中吸取教训，就能赢得最后的胜利。

神女和灰熊

很久以前，大地一片荒凉。天神孤零零地守在天上，感到非常寂寞。

于是，他用拐杖把天空钻出一个大洞，然后不断地朝洞里撒雪花和冰块。雪花和冰块落到地上后，慢慢堆积成山，一直顶到天上。

后来，人们把这座山叫作“沙斯塔”。

天神来到沙斯塔山顶，顺着山坡往下走，走到半山腰时，他自言自语道：“应该在山上种些树木。”于是，凡是他手指触摸过的地方都长出了树木和花草，而他脚下的积雪则融化成了一条条奔腾的河流。

天神还把他随身带着的拐杖折断，搓成大大小小的木屑，撒在山林和河水里，这些木屑就变成了动物，比如河狸、水獭和鱼。

野兽中体形最大的是灰熊。他们浑身长满了灰色的毛发，有着锐利的爪牙，不仅能用两只脚走路，而且还会说话。灰熊的样子看起来很可怕，所以天神让他们住在远离自己的山脚丛林里。

阅读与写作

此处通过对灰熊的外貌进行描写，说明灰熊外表的可怕，与下文灰熊收留神女形成鲜明的对比，突出了灰熊的善良。

后来，天神决定和他的家人搬到地上居住。他把一座大山当成房子，在山里生起一堆很大的篝火，在山顶钻了一个洞口，让烟和火星从洞口飞出去。每当他往火堆里添柴火的时候，大地就会震动，洞口也会飞出火花和浓烟。

有一年春天，天神和他的家人正围在篝火边闲谈，风神却把可怕的暴风派到地上，把山头的树木刮得东倒西歪。大风不停地呼啸着，篝火的烟尘无法从山顶的洞口排出去，盘旋在山洞里，熏得他们眼泪直流。天神就对他最小的女儿说："到洞口那里，对风神说，请他轻点刮，再这样下去，我担心咱们的房子要保不住了。"

有机会出去逛逛，小姑娘当然开心极了。

她的父亲又叮嘱她说："到了洞口，别把头伸出去，小心风神抓住你的头发，把你扔到地面上去。跟他说话之前，要先挥手打声招呼。"

小姑娘来到山顶的洞口，向风神转达了她父亲的意思。正当她准备转身回家时，她忽然记起父亲曾经说过，从他们家的屋顶可以看到海洋，她真想看一下海洋到底是什么样子。

于是，她从洞口探出头去四处张望，完全忘记了父亲的叮嘱。就在这时候，风神抓住她那长长的秀发，把她从山洞里拖出来，扔到了冰天雪地里。她跌落在森林与雪原交界的一片云杉林中。她那红色的长发在雪地里格外显眼。

给小熊们觅食的灰熊路过这里，发现了小姑娘，就把她带回自己的

家，问她是谁，从哪儿来。灰熊对她很热情，还给她介绍自己的孩子——小熊们。这个红头发的小姑娘和小熊们一起吃饭，一起睡觉，一起玩耍，一起长大。

小姑娘终于长成一个大姑娘了。灰熊的大儿子和她结成夫妻。很多年过去了，她生下了孩子。孩子身上的毛没有灰熊的那么浓，但长相也不像神。灰熊们为这个火红头发的妈妈和她的孩子们专门修了一间房子。房子离沙斯塔山很近，现在被称为“小沙斯塔山”。

这之后又过了许多年。灰熊知道自己快要死了，心里感到非常不安，因为他夺走了天神的小女儿。他决定把过去的一切都告诉天神，祈求他的宽恕。灰熊把所有的孩子召集到孙子们的新居，并派长孙到沙斯塔山顶求见天神，告诉天神早年丢失的小女儿现在的住处。

天神听后非常高兴，三步并作两步赶紧下山。他走得太快，脚下的雪都融化了，在面朝太阳的山坡小路上留下了巨大的脚印。

天神来到自己小女儿的住处，大声呼喊：“我的女儿，你在哪里？”他以为，他的小女儿还是从前的小姑娘呢！

可是，当他看到小女儿已经生育了一群怪模怪样的孩子，并且意识到这些孩子都是他的外孙时，他愤怒到了极点。地球上出现了一个新的部族，他竟然一无所知。他恶狠狠地瞪了灰熊一眼，灰熊立刻就死了。他诅咒所有的灰熊："从今以后，你们都得用四条腿走路，再也不能说话，好好反省你们所犯的罪行。"

阅读与感悟

神女的一时好奇导致她远离了家人。在冰天雪地中，她遇到了灰熊。神女长大后与灰熊的大儿子结婚生子，由此出现了一个新的部族。最后，灰熊遭到了天神的惩罚并祸及所有灰熊，古代人的想象力真是让人啧啧称奇。

扫码学习

- AI故事小精灵
- 动画广播站
- 阅读百宝箱
- 灵感魔法屋

戏耍北风的辛格比

在很久很久以前，土地贫瘠荒芜，少有人烟，在北方有一个由渔民组成的部族。那里的人每到夏天都能捕获最肥美鲜嫩的鱼。但从这里再向北去，便是真正的冻土千里，没有谁能在那里度过一个冬天。那里被称为“冰冻之国”，国王是个暴脾气，他的名字叫卡比昂欧卡，这在印第安语中是“北风”的意思。

虽然冰冻之国位于极北之地，国土面积广阔无垠，但卡比昂欧卡仍不满意。在他的心里，大地上最好全都寸草不生，一木不长，天地终年银白一片，河流冰封，全世界皆被冰原所覆。

幸而他能力有限，即便他身材健硕，勇猛无双，却仍是南风沙文达斯的手下败将。南风住在明朗的葵花之都，那里四季温暖如夏天。他只需呵一口气，森林里的紫罗兰就会徐徐绽放，金灿灿的原野上就会盛放出艳丽的野玫瑰，鸽子们就会亮开嗓门放声歌唱，“咕咕”叫着寻找伴侣。他温热的呼吸使瓜果生长，使玉米抽穗，使森林绿意盈盈，让大地阳光普照，美不胜收。

阅读与写作

此处运用排比的修辞手法写出了南风沙文达斯呵气后葵花之都的美景，说明了沙文达斯的能力之强。

沙文达斯偶尔也会登上山巅小憩一会儿。他喷出的烟雾徐徐幻化成轻幽的林雾，萦绕在空气里，将山峦湖泊包裹其中，恍若仙境。没有风，没有云，天地宁谧安详，再没有哪一处有如此曼妙的景致，这就是印第安之夏。

而此时的北方，夏天日益缩短，渔民们也加紧了手头的活计，因为他们明白，等到南风开始长眠，暴脾气的卡比昂欧卡就会即刻卷土重来，将他们全部驱逐，这一点是毋庸置疑的！

时间过得飞快，某一日清晨，渔民们准备下网捕鱼的时候发现水面上已铺满了薄冰，他们那树皮做成的屋顶上也结着一层厚厚的霜花，在阳光下闪着晶莹的光。

这一切显然都是预警。冰层会越来越厚实，空中会飘满鹅毛般的雪花，郊狼也会换上它的冬装步履匆匆地赶路。远处似乎已经有幽微的风声传来。

“卡比昂欧卡要来了！”渔民们高声叫着，“他马上就要来了，我们赶快逃命去吧！”

但号称“潜水好手”的辛格比却莫名其妙地笑了起来。他总是面带笑容，捕到大鱼时笑，两手空空时也笑，无论发生了什么都不会让他感到颓唐。

他对其他人说道：“我们依旧可以捕鱼呀，只要在冰面上开一个小洞，就能用鱼线从洞里钓出鱼来。卡比昂欧卡那个家伙根本吓不到我！”

人们纷纷向他投去了讶异的目光，不错，辛格比是会魔法的，他能将自己变成一只鸭子，他们是亲眼见证过的，所以他们才会称呼辛格比为“潜水好手”。可面对如此恐怖的对手——来势凶猛的北风，仅凭辛格比一人之力要如何战胜呢？

“你还是随我们一道离开吧。”众人都劝说道，“卡比昂欧卡可比你强大得多，他所到之处，即使森林中最粗壮的大树也会倒下，即使再汹涌的河水也会在与他接触后冰冻。除非你有本事将自己变成黑熊或游鱼，否则你根本没有赢他的机会。”

辛格比笑了起来。

“我从河狸兄弟那里讨来了毛皮大衣，从麝鼠表弟那里讨来了连指手套，这些就是我白日里的保护措施。我还在自己的小屋里囤积了柴火，一旦燃起，看那卡比昂欧卡有没有胆子上前！”

就这样，众人心情沉重地离开了，因为他们打心眼里喜欢这个总面带笑容的辛格比，他们觉得以后可能再也见不到辛格比了。

渔民们走后，辛格比就按照计划开始行动了。他采集了大量的干树皮、树枝和松针，如此一来，当夜晚到来时他就能在小屋里生火了。这时地上的积雪已经很深了，表面的一层雪壳即使经过日晒也无法消融，这也使得他能在雪上自由行走，根本不用担心会陷入雪中。至于食物，他深谙凿冰垂钓之法。一日下来，他带着满满的收获，边哼着自创的小调边大步流星地走回家去：

卡比昂欧卡老匹夫，
有本事就来吓唬我。

任凭你身强气焰高，

且看你横行到几时。

一日傍晚，卡比昂欧卡随着歌声一路寻到了在雪地中缓缓前进的辛格比。

“呼——呼！”他愤怒地狂吼，“这不知天高地厚的两腿生物究竟是何来历？而今就连野鹅和苍鹭都去了南边躲避，他又怎敢在这里停留？也罢，就让我们看看谁才是这天下的主宰！今晚我就要冲进他的房中，吹灭他的火堆，将灰烬吹满整个房间！呼——呼！”

待到暮色四合之时，辛格比就在火堆旁坐定。那火烧得真旺啊！燃着的木柴是那么粗，即使燃上一个月也不会熄灭。噢，这是印第安人用来计算时间的叫法，因为他们没有钟表，所以不说星期和年月，用“一个月”来代表月亮从一个新月到另一个新月所用的时间。

此时的辛格比正烤着一条鱼，鱼是他白天刚钓来的，鲜嫩美味，在火上稍一炙烤就香酥可口，让人欲罢不能。吃过鱼的辛格比擦了擦嘴，满足地搓搓手，他白日里走了好几里山路，此时在火堆旁坐着，整个小腿都被烘得热乎乎的，真是舒坦。

他开始自说自话：“真是遗憾，冬天才刚刚来到，还有那么多的鱼可以捕呢，可你们就那样离开了。”接着他又说道：“那些人都以为卡比昂欧卡会邪术，认为无人能与之相抗，但我觉得他和我一样，都只是个平凡的人，没什么大不了的。诚然，我没他耐寒，但我可比他耐热。”

这一想法让他很自得，于是他又笑着唱起来：

冰冻之地的居民卡比昂欧卡，
若你有本事就来将我冻成冰。
即便你用尽浑身解数吹冷风，
只要我身旁有火堆就不怕你。

他太开心了，以至于根本没有听到屋外的风声。雪卷集而来，甫一落地就即刻被卷入风中奔向小屋，不多时小屋便被掩埋起来。可谁料想，雪不但没有降低屋内的温度，反倒像绒毯般抵御住了吹来的寒风。

卡比昂欧卡很快就发觉了自己的办法行不通，这令他十分恼怒，他贴着小屋的烟囱高声呼喊，那声音十分恐怖，足以令人胆寒。但辛格比却只是大笑着，他正觉得屋子里太安静了，想着能有点动静呢。

他大声对北风说：“你好哇，北风，悠着点吹，当心把腮帮子吹坏了。”小屋被大风吹得摇晃起来，水牛皮制成的门帘在风中哗哗直响。“来吧，北风！”辛格比兴奋地嚷着，“外面那么冷，进来暖和一下吧。”

卡比昂欧卡深深地感受到了辛格比言语中的嘲笑，他奋力冲向门帘，绑着门帘的鹿皮绳应声而断，北风一下子冲了进去。他呼出的气是那样冰冷，瞬间就在小屋内凝成了浓雾。辛格比故意对此视而不见，他哼着歌，起身向火堆中添柴。他添了一根格外粗的松木，火一下子旺了起来，阵阵热流逼得他自己都后退了些许。他悄悄用余光瞟向卡比昂欧卡，后者的情形让他笑得更加开心。只见汗珠不断从卡比昂欧卡的额角流下，他狂舞的发梢上冰雪正在消融，就像阳春三月里的雪人一般。暴脾气的北风正在融化！他的鼻耳开始缩小，身体开始萎缩，不消片刻，冰冻之国的王便会成为一摊水。

“到火堆边来。”辛格比坏笑着，“你肯定冷坏了，来这边，暖暖手脚。”北风就在这时一溜烟地逃走了，甚至比来时的速度更快。

离开小屋，冷空气立刻让北风恢复了元气，他愈加愤怒起来。因为没法打败辛格比，他只能拿别的东西撒气。他将脚下的雪踩得更加坚实；他打着响鼻，喷着气，折断了不少脆弱的枝杈；寻找食物的狐狸被他吓得回了洞中；游荡的郊狼也赶紧隐匿了行踪。

他再次来到辛格比的小屋旁，在烟囱外朝屋里大叫：“出来跟我摔跤，比比看到底谁最厉害！”

辛格比喃喃自语道：“他的力量已经减弱，我也暖和起来了，击败他的话应该不难，如此他便再也不会来打搅我，我就可以长久待在这里了。”

辛格比疾步走出，北风也随之而至，一场厮杀拉开了帷幕。他们双臂交缠，在坚实的雪地上扭打。

这一仗直打了一整夜，狐狸们爬出了洞穴，坐成了一个圈，远远地围观。因为始终在活动，辛格比觉得热血翻涌，浑身都热烘烘的，他明显感到北风的气力在减弱，呼吸间的冷意在衰退。

终于，在太阳从东方升起的时候，两个人停了手，他们粗喘着面对面而立。北风卡比昂欧卡败了，他发出一声绝望的呼号，一转身逃走了。他一路向北，直到白兔之国，在他奔逃的途中，辛格比的笑声从未在他耳旁消失过。

阅读与感悟

辛格比不畏强敌，直面困境的精神和勇气值得赞扬和学习。文章内容在激荡人心的同时巧妙升华：乐观和勇敢才是战胜一切的武器。

云端的孩子

很久以前，有一位名叫亚古的老爷爷，他非常擅长给孩子们讲故事。

有一天夜幕降临后，亚古爷爷像往常一样坐在他最喜欢的角落里，身旁燃烧着一个火堆，他两眼盯着火堆的余烬出神。

突然小晨曦说：“亚古爷爷，我有一个问题一直想问您，那些高耸的大山很久以前就在那里了吗？”

亚古爷爷听后并没有立刻回答，而是陷入了沉思，沉默了许久。不管孩子们提出的问题多么稀奇古怪，多么匪夷所思，他都会认真回答。他从不会用“我太忙了”“不要打扰我”“以后再说”这类话来敷衍了事。对于小晨曦提出的问题，亚古爷爷说：“小晨曦呀，这个问题也正是我一直以来思考的问题，大山是不是从一开始就在那里呢？”

他又不说话了，眼睛注视着面前的火苗，好像火苗中藏着他想要的答案。过了很久，他缓缓地说道："我认为那些大山，无论是高还是低，它们确实从一开始就在那里。就像创世神话中所说的那样，那些大山在一开始就被创造出来了。只有一座大山不一样，起初它只是一块石头，忽然之间就变成了一座高山，像是被施了魔法一样。坐在山上的小孩子被不断升高的大山带到了云端。孩子们，你们听过这个故事吗？"

孩子们正听得入神，连忙大声回答："没有，没有，我们从来没听过这个故事！亚古爷爷，请您快点给我们讲一讲吧。"

大石变成山的故事是怎么来的呢？亚古爷爷是从他的爷爷那里听说的，而他爷爷又是从他爷爷的父亲那里听说的。这个故事虽然过去了很多很多年，但亚古爷爷的先辈可能亲眼看见了故事里的事情。

在那个时候，人类和动物和谐相处。随着了解的深入，你会发现郊狼并不坏，看起来非常凶残、可怕的山狮（也叫美洲狮）在当时也和人类友好相处，它们并没有我们想象的可怕，在经过人类身边时甚至会发出欢快的吼叫。

彼时，一个小男孩和一个小女孩生活在一个美丽的山谷中。居住在这个山谷里非常舒适，天底下恐怕找不到第二个这样的地方了。

整个山谷遍布着绿色，就像铺了一张大大的绿地毯。微风吹过，小草随风摇摆，远远望去就像起伏的海浪。山谷里盛开着五颜六色的野花，灌木丛中的浆果也成熟了，散发着迷人的清香，微风中传来小鸟的叫声，像乐曲一样婉转动听。

这个山谷最大的好处就是没有什么危险，没有什么东西会让人害怕。孩子们可以在这里自由自在地玩耍嬉戏，他们在花丛中追逐飞舞的蝴蝶，和跳跃的松鼠、兔子成为好朋友，或者去找蜜蜂做游戏。

这一切和今天大不相同。今天，动物和人类远没有这样和谐。在这个美丽的山谷里，动物和人类一样，可以自由自在地生活，它们快乐地奔跑、嬉戏。懒惰而善良的熊在夏天吃着自己喜欢的浆果和蜂蜜，在冬天就会钻到岩洞里美美地睡上一觉，一直到第二年的春天再出来。性情温顺的小鹿经常到小男孩和小女孩玩耍的地方悠闲地吃草，一举一动间都是那么优雅。

小男孩、小女孩和动物们彼此喜欢着，爱护着，美好地生活在一起。他们最喜欢的动物是长耳大野兔和羚羊。长耳大野兔有着几乎和骡子一样长的耳朵，与它体形差不多的动物都没有它跳得高，这是因为它还有一双长长的腿。不过，它没有长着短短犄角的羚羊跳得高，因为羚羊的腿又细又长，跑起来像一阵风一样快。

这个山谷如此适宜居住，还因为有一条小河从中流过。这条小河的水清澈甘甜，周围的小动物们都喜欢到这里来喝水，在烈日炎炎的夏日，它们还会在小河里洗澡。

小河的中间有一个浅潭，好像是专门为小男孩和小女孩准备的。在他们刚学会走路的时候，他们的好朋友河狸就教会了他们游泳。[1]要知道河狸是非常擅长游泳的，因为它的尾巴又平又滑，摆动起来像船桨一样有力，它的脚上有蹼，划动起来像鸭子一样灵活。每到温暖的午后，小男孩和小女孩就会来到浅潭游泳，这可是他们最喜欢的事了。

一个盛夏的午后，河水非常温暖，小男孩和小女孩在浅潭里快乐地游着，一时忘记了时间。上岸后他们才感觉到身体是那么疲乏，而且离开温暖的河水也使他们感到了阵阵凉意。要是有个地方可以将身上的水变干，让身体暖和暖和该多好，他们四处寻找着。

小男孩说：“妹妹，你记不记得有一块又大又平坦的岩石，上面一定很舒服，我们去那里吧。”

那块岩石并不高，小男孩很快就从一侧爬了上去，然后又把妹妹拉了上去。两个孩子躺在岩石上休息，很快就

[1] 在现实生活中，游泳需要在成人看护下进行。

睡着了。

在两个孩子睡着的时候，它由原来的一块岩石，一寸寸、一尺尺地变成了山谷里最高的一座山，耸入云端。没人知道发生变化的具体的时间，没人能说得清到底发生了什么，只知道岩石不断地升高变大，一直变到和现在看到的一样高耸、陡峭。虽然这有些匪夷所思，但却真的如此。傍晚，两个孩子的父母见孩子还没回来，便焦急地四处寻找，他们找遍了山谷的每一个角落，却连孩子的身影也没有看到。大人们都在忙碌地做着自己的事情，没有人注意到这两个孩子，也没有人注意到岩石的变化。他们问遍了每个人和动物："羚羊，你见过我们的孩子吗？""长耳大野兔，你一定知道我们的孩子在哪里吧？"然而所有的动物们都不知道这两个孩子在哪里。

他们又跑去问郊狼同样的问题，郊狼是最聪明的动物，常常在山谷中行走，边走边用灵敏的鼻子嗅着空气中的气味，也许郊狼能帮助他们。

郊狼说："我也很长时间没有看见他们了。不过，不用担心，我灵敏的鼻子和聪明的大脑可以帮你们的忙，也许能找到他们。"

郊狼开始和孩子的父母一起寻找，他们沿着小河寻找，不久就来到了两个孩子游泳的浅潭边。郊狼在空气中猛嗅了几下，嗅到了孩子们的气息，然后又贴着地面寻找孩子们的去向。他们来到了岩石变成的高山旁边，郊狼把前爪搭在山上使劲往上伸，又仔细嗅了嗅。

片刻后，郊狼转身对孩子的父母道："就是这里！尽管我不能像老鹰一样在空中翱翔，也不能像河狸一样畅快地游泳，但我有灵敏的鼻子，而且它从没有出过错，你们的孩子肯定就在这座山上。"

望着高耸入云的山峰，孩子的父母感到十分惊讶，不由得发出疑问："这么高的山，他们是怎么爬上去的？"

郊狼也不知道他们是怎么爬上去的，但它也不愿意承认这个世界上还有它不知道的事情，所以它一脸严肃地回答道："这个人人都会问的问题现在已经不重要了，重要的是接下来该如何把他们从上面救下来，不是吗？"

他们把山谷中所有的动物都召集过来，大家一起讨论如何把孩子们从山上救下来。熊说："如果我能够把山抱住，就可以顺势爬上去了，可是这座山太大了，我抱不住。"狐狸接着说："如果眼前是一个深洞的话，我可以帮上忙，可这是一座高山哪，我束手无策。"河狸也说："如果需要下水，我现在就可以游给你们看，这高山我也没有办法。"

他们讨论了很久，还是没有想出办法。最后似乎只有一个办法了，那就是看谁可以跳上去。面对眼前这座高山，大家都非常紧张，不敢轻举妄动，最后大家一致同意

阅读与写作

作者通过对老鼠、松鼠、大野兔、羚羊和山狮等动物进行动作描写，生动地描绘出了攀登到山顶救孩子的艰难。

让最小的动物先试一试。老鼠率先一跳，可是它跳的高度只到人的手那里，显得非常滑稽。松鼠第二个尝试，可也只比老鼠跳得稍高一点。长耳大野兔用尽全身力气，跳出了平生最高的高度，但同样无济于事，还差点因此扭伤了背。羚羊纵身一跳，跳到半空后，也只是安全落地，同样没有成功。最后轮到山狮了，只见它向后退了很长的距离，奋力助跑，向着岩石纵身飞奔，结果落地时摔了个四脚朝天。虽然山狮是所有动物中跳得最高的，但离山顶还有非常大的距离。

大家不知道接下来该怎么办，难道小男孩和小女孩要在云端永远地沉睡下去吗？就在大家一筹莫展时，耳边传来了一个非常细小的声音：“让我来试一试吧，或许我能爬上去。”

大家听后非常惊讶，四处张望着寻找说话的人，但谁也没找到。大家怀疑这是郊狼的恶作剧，可郊狼和大家一样疑惑不已。

这时，那个细小的声音又出现了：“大家不要着急，我正在赶过来，马上到。”只见一条尺蠖（枝状小昆虫）

正从草丛中一点一点地爬过来。

“嗬，嗬！”这是山狮从喉咙里发出的声音，这种声音只有在它感到自尊受到伤害后才会发出，“嗬，嗬！真是放肆！连我堂堂一头山狮都不能成功的事情，你一条小得不能再小，只会爬行的虫子怎么可能成功，真是无知者无畏呀！我倒要看看你能干什么！”

长耳大野兔也不以为然地说：“我还从来没见过这么自负的虫子。”

大家你一言我一语地争论着，可最后还是同意让尺蠖试一下，反正试一下又没有什么坏处。于是，尺蠖一点一点地爬到了山旁边，然后开始向上爬。几分钟过去了，它超过了长耳大野兔跳的高度；又过了不久，它爬得比山狮跳起的高度还高；又过了一段时间，大家已经看不见尺蠖了，它爬到了大家看不到的高度。

时间过去了整整一个月，这期间尺蠖日夜不间断地爬着，终于爬到了山的顶端。它一刻不停地来到小男孩和小女孩的身边，叫醒了他们，孩子们醒来后看到身边的景象，既惊讶又困惑。他们不知道在他们睡着的时候发生了什么。在尺蠖的带领下，他们顺着一条安全但无人知道的小路下了山。

如果没有足够的耐心和毅力，哪怕高大如熊、强壮如狮子也一样不能成功；如果有足够的耐心和坚持不懈的精神，哪怕弱小如尺蠖也一样可以取得成功。现在那座大山依然屹立在那里，印第安人用尺蠖的名字为大山命名，亲切地称它为“图托克阿努拉”（在印第安语里是尺蠖的意思）。以一条小小的尺蠖来为一座大山命名，也许会让你觉得不可思议，但只要你了解了尺蠖拯救孩子的故事，你就会觉得这样的命名是最合适不过的了。

阅读与感悟

文中每只动物都在讲自己的本领如何如何高强，却救不了小男孩和小女孩。小小的尺蠖出现了，它决定靠自己的力量爬上高山去找他们，每只动物都在嘲笑它的自不量力，最后它却成功了。生活中，每个小小的个体都不应该被小看，只要有足够的耐心和坚持不懈的精神就一定能成功。

创世主帕查卡马克

远古时期，美洲大地上到处是荆棘，这里没有白天，没有黑夜，没有生灵，只有一片寂静的黑暗。

一天，创世主帕查卡马克从宇宙中来到了这片土地，他见这里漆黑荒凉，十分孤寂，便想要赋予它一些生机。于是，帕查卡马克创造出了许多飞禽走兽，又创造出了人类，让他们在这片土地上生活。之后，帕查卡马克来到了一个风景秀丽的湖泊中，在湖中心的小岛上隐居了下来。

许多年以后，帕查卡马克打算回到宇宙中去。他从湖泊中的小岛上走了出来，想先去看看自己创造的生物。美洲大地仍是一片漆黑，人们在黑暗中过着茹毛饮血的生活。他们以打猎为生，为了抢夺食物，他们互相咒骂厮杀，永无停歇。更过分的是，人类不但不感谢创世主创造了他们，反而整天都在抱怨。他们抱怨创世主没有赐给他们光明，没有赐给他们食物，没有为他们创造幸福的生活，反而让他们活在黑暗和争斗中。

人们一看见帕查卡马克，就纷纷冲他走过来。他们一边咒骂，一边朝他扔石头。帕查卡马克生气极了，他一怒之下把所有的人都变成了石像，这些石像有的正在扔石头，有的正在指指点点地咒骂……美洲大陆重新变得寂静。

帕查卡马克回到了宇宙中，过了一段时间，他又回想起了人类的事。他仔细地想了想，似乎人们的抱怨并不是完全没有道理，在黑暗中生活确实是一件很困难的事。想到这儿，帕查卡马克有些羞愧，他决定再次回到美洲大陆，重新创造世界，这次，他要将光明带给世界。

这一次，帕查卡马克将众神都召集到了湖中的小岛上，一起商议如何创造新的世界。最后，众神一致决定让孔蒂拉雅和基利亚为人间带来光明。帕查卡马克将孔蒂拉雅任命为太阳神，将基利亚任命为月亮神，并命令这两个神结为夫妻，生生世世在人间工作。

白天，太阳神会带着金星和风雨雷电等仆人一起在天空中值班，为人们带来温暖和光明；夜晚，月亮神则要带着星星们来到天空中，将月光洒向大地。因为太阳神的能量极

阅读与写作

此处通过气温高低和光线明暗的对比，说明太阳神和月亮神能量的不同。

大，而月亮神的能量较小，白天大地会变得暖洋洋的，到处都是阳光；到了夜晚，光线会变得很暗，气温也会随之下降。

同时，帕查卡马克准许月亮神每个月可以放三天假，在这三天里，她可以帮助太阳神一起处理太阳宫中的事务。任务分配好后，帕查卡马克对太阳神和月亮神说："二位身负重任，今后你们将日复一日地为大地带来光明和温暖，永远不能停歇。我知道这个任务十分辛苦，为了感谢二位的付出，我决定让你们和你们的子女成为这片土地的主人，你们要管理这里的人类，让他们过上幸福的生活。"

太阳神和月亮神上任了，帕查卡马克和众神约定，第一缕阳光出现之时，就是人类的新生之日。之后，帕查卡马克照着人类的样子，雕刻出了许许多多的石像，这些石像有老人，有孩子，还有许多孕妇……接着，帕查卡马克又雕刻了一些石像，他让众神将自己的名字刻在这些石像上。他同众神约定，这些刻着神灵名字的石像将作为人类的第一批教导者，教给人们生活的技能。

黑暗的美洲大地终于迎来了第一缕光线，光线照亮荒原，照亮荆棘，照亮湖泊，照亮了整个大地。刻着神灵名字的石像活了，帕查卡马克对他们说："你们去吧，去将其他石像复活。去太阳落山的地方，把变成石像的人们从山林间呼唤出来，带着他们到你们的领地，教他们如何生活。”刻着神灵名字的石像们出发了，他们呼喊着：“所有人都出来吧，创世主帕查卡马克让我们在这片土地上生活。”听到召唤的石像复活了，人们从四面八方聚集到了一起。

很快，人类学会了许多生活的技能，他们在美洲大陆上繁衍生息，发展壮大。

阅读与感悟

帕查卡马克创造了人类，但人类却不知感恩，反而通过抱怨和咒骂来表达自己的不满，帕查卡马克一气之下把人类变成了石像。后来，帕查卡马克意识到了自己的错误，帮助人类建立了新的世界。这个故事告诉我们，做人要学会知足，同时，做错了事要及时改正、弥补。

非洲

拉神的秘密

在埃及的神话传说中，拉神是太阳神，也是埃及地位最高的神，他被认为是创造了世间万事万物的统治者。

宇宙诞生之初，整个世界是一片汪洋，在无边无际的海面上漂浮着一个会发光的蛋，拉神就从这个蛋里诞生。拉神长大后，生育了许多子女。风神舒和雨神泰芙努特结为夫妇，不久，地神盖布和天神努特出生了。

为了创造世界，拉神从汪洋中升起了天空和大地。他让风神把天高高地举起，变成了拱形的天空；又让地神躺在了天空下，变成了广袤无垠的大地。天地形成后，拉神把自己神圣的光芒洒向大地，创造出了各式各样的植物和动物。最后，拉神从自己的眼睛里创造出了人类。

从此之后，拉神成了世界的统治者，他不仅管理着大地上的万事万物，还是天上的众神之王。但是谁也不知道，拉神有一个秘密，那就是他的名字。拉神所有的神力都来自这个秘密的名字，拥有这个名字就会拥有无边的神力，成为最强大的神。

生命女神伊西丝得知了拉神拥有神力的秘密，想要探听出那个秘密的名字，变得更强大。但是全世界只有拉神自己知道这个名字，要从他的口中打听出这个秘密几乎是不可能的事。伊西丝整天寸步不离地跟在拉神身边，想要找机会问出这个秘密的名字。

机会终于来了，由于拉神年纪越来越大，他说话时口水就会不自觉地流淌出来。一次，拉神的口水流淌到了地上，伊西丝偷偷地把混着口水的泥土挖了起来。回家之后，伊西丝把泥土放在火上烤干，又用法力把泥土变成了一条毒蛇，然后偷偷将这条毒蛇放在拉神的必经之路上。

这一天，拉神像往常一样来到宫殿。毒蛇紧紧地盯着拉神，当他走近时，毒蛇箭一般地从路边的草丛中蹿了出来，一口咬住了拉神，把毒液注进了他的血液中。拉神痛得大叫起来，这响彻天际的叫声惊动了天上所有的神，大家都聚在拉神的身边，纷纷询问他出了什么事。蛇毒已经进入拉神的体内，在他的身体里乱窜。拉神痛得直哆嗦，他断

阅读与写作

此处把蛇比作“箭”，并运用一系列的动作描写，生动形象地写出了毒蛇咬拉神的速度之快。

断续续地说："毒……我身体里有毒……不知道什么东西咬……咬了我一口……"众神想要用法力帮拉神解毒，可是尝试了很多办法，谁也没能帮拉神解除痛苦。

正在众神一筹莫展之际，女神伊西丝来到了拉神的身边。她凑到拉神耳边，轻轻地说："我能够帮您解毒。"

拉神感激地拉住了伊西丝的手，说："太……太感谢了，请你快点吧。"

伊西丝压低声音说："作为回报，我想要知道您的名字。"

拉神急忙说："大家都知道，我有很多名字。黎明时，我叫克佩拉；到了中午，人们都叫我拉；黄昏时，我的名字是塔姆。"

"不，不是这些众所周知的名字，是那个只有你一个人知道的秘密名字。"伊西丝继续压低声音说道。

拉神的眼中喷出了怒火，他愤怒地盯着伊西丝，咬紧了牙关，摇摇头："你想都别想。"话音刚落，拉神身体里的毒液就像被点燃了一般，发出了巨大的热量，把他烧得浑身疼。拉神痛苦地呻吟着，表情开始变得狰狞。

伊西丝冷冷地看着拉神，不紧不慢地说："现在你一定很痛苦吧？只要你把秘密名字告诉我，我就能帮你消除痛苦，否则你活不了太久了。实话跟你说，这毒蛇是用你的口水做成的，它拥有和你一样的神力，除了我，恐怕没有人能解这毒了。”

受尽了折磨的拉神虽然万般不乐意，但是不得不说出心底最重要的秘密：“兰，那个秘密名字是兰。”伊西丝让拉神把秘密名字转移到了自己体内，如愿以偿地获得了无边的神力，成了最强大的女神。

依照约定，伊西丝替拉神解了毒，拉神恢复了健康。

阅读与感悟

伊西丝使用阴谋诡计得到了拉神的秘密，获得了神力，但她这种为了达到自己的目的而坑害别人的行为令人不齿。我们做事一定要光明磊落，不要走旁门左道，同时也要吸取拉神的教训，提高警惕，不给坏人可乘之机。

奥西里斯和伊西丝的传说

奥西里斯是地神盖布和天神努特的儿子，他出生时天上传出一个声音，说他未来会成为人间之王。后来，奥西里斯果然成了埃及之王，他娶了生命女神伊西丝做妻子。

当时，埃及的人们以捕猎为生，过着原始的部落生活。部落之间为了抢夺地盘和食物，经常爆发战争，整个埃及一片混乱。为了让人们过上幸福的生活，奥西里斯平息了战争，把爱和和平的观念灌输到人们心中。为了让大家都能填饱肚子，奥西里斯还教人们开垦农田、种植作物的方法，让他们过上了平静安宁的生活。

有一次，奥西里斯想到各个地区巡查一番。于是，他把治理国家的职责交给了妻子伊西丝，让她暂时代替自己行使权力。奥西里斯前脚刚走，他的弟弟塞特就来到了王宫中。塞特一直很嫉妒奥西里斯，他见哥哥不在宫中，就想趁机捣乱。塞特在埃及到处散播谣言，挑起争端。在塞特的挑拨下，人们又开始争斗，平静的生活被打乱了。伊西丝发现了塞特的阴谋，她派人安抚百姓，又让人紧紧盯住塞特，让他没有机会去捣乱。

塞特见自己的阴谋没有得逞，又想出了一个歹毒的计划。奥西里斯巡查结束后，塞特热情地为他举行了一个欢迎宴会，邀请他前来赴宴。伊西丝知道塞特居心不良，就极力阻止奥西里斯去赴宴。但是奥西里斯却说：“他是我的弟弟，我看这次他没有什么坏心眼。”说完，奥西里斯独自去赴宴了。

阅读与写作

此句对上文塞特实施阴谋的结果进行总结，接着引出下文，承上启下，巧妙过渡。

宴会开始了，塞特准备了数不清的美酒佳肴，人们在宴会上尽情地饮酒畅聊，不一会儿，大家就都有些醉了。这时，塞特命下人抬出一个大箱子，他说：“这是我在旅行时发现的宝物，今天是个好日子，我打算把它送给在座的某一个人。谁能够正好躺进这个箱子里，不大也不小，那我就把箱子送给那个人！”大家见这箱子做工十分精美，上面还镶嵌着许多稀世珍宝，不由得啧啧称赞。人们争先恐后地去试着往箱子里躺，可是对他们来说，箱子不是太大，就是太小，没有人正好合适。人群中发出了一阵阵遗憾的叹息声。

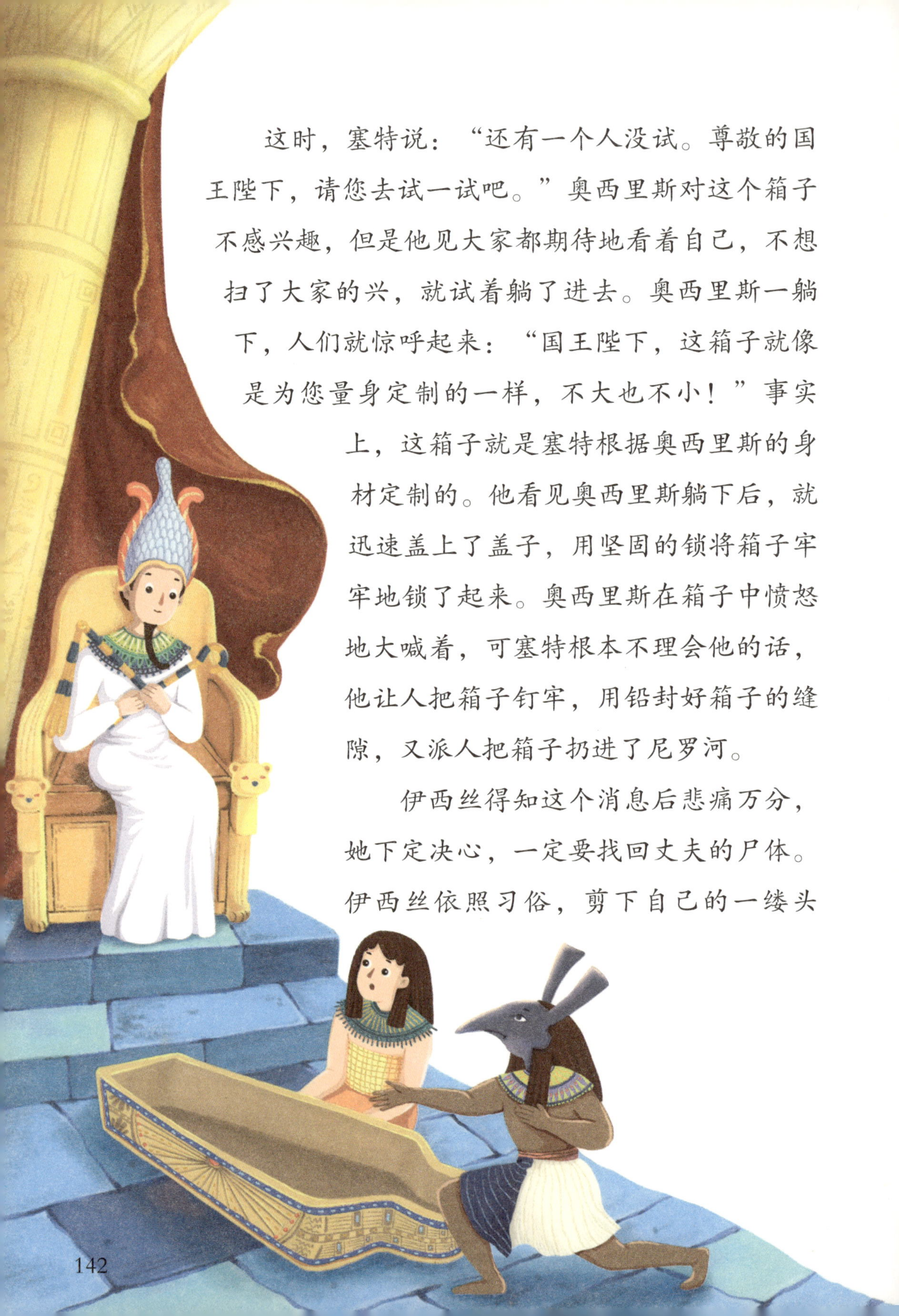

这时，塞特说：“还有一个人没试。尊敬的国王陛下，请您去试一试吧。”奥西里斯对这个箱子不感兴趣，但是他见大家都期待地看着自己，不想扫了大家的兴，就试着躺了进去。奥西里斯一躺下，人们就惊呼起来：“国王陛下，这箱子就像是为您量身定制的一样，不大也不小！”事实上，这箱子就是塞特根据奥西里斯的身材定制的。他看见奥西里斯躺下后，就迅速盖上了盖子，用坚固的锁将箱子牢牢地锁了起来。奥西里斯在箱子中愤怒地大喊着，可塞特根本不理会他的话，他让人把箱子钉牢，用铅封好箱子的缝隙，又派人把箱子扔进了尼罗河。

伊西丝得知这个消息后悲痛万分，她下定决心，一定要找回丈夫的尸体。伊西丝依照习俗，剪下自己的一缕头发，穿上丧服，开始寻找丈夫。白天，伊西丝用法力将自己变成一只小鸟，沿着尼罗河四处寻找；夜晚，她又会变回人形，在岸边休息。

伊西丝找了很久，怎么也找不到丈夫的尸体。最后，她来到了大海边，一个小男孩告诉她，那个大箱子顺着尼罗河漂进了大海，现在早就不知道漂到哪儿去了。伊西丝又在海边找了几个月，可还是没有找到丈夫的尸体。

一天，伊西丝遇上了森林里的精灵之王巴斯。巴斯告诉她，装着奥西里斯尸体的箱子在海中被一棵奇怪的柳树绊住了，柳树把整个箱子包进了树干，后来这棵柳树被比伯洛斯国的国王砍了，做成了王宫的柱子。

伊西丝喜出望外，马不停蹄地赶到了比伯洛斯国。刚到这里，伊西丝就听说国王的儿子得了一种怪病，怎么也治不好。于是，她来到王宫中，说自己能治好王子的病。王后虽然半信半疑，但她还是把王子交给了伊西丝。没几天工夫，王子的病就痊愈了。国王为了感谢伊西丝，决定送给伊西丝一件礼物。伊西丝借机向国王讨要了王宫里一根用柳树做的柱子。国王虽然很不解，但还是答应了伊西丝的要求。

得到柱子后，伊西丝小心翼翼地用刀割开了树皮，装着奥西里斯尸体的箱子出现在伊西丝的面前，她流下了激动的泪水。伊西丝将丈夫的尸体带回了埃及，借助魔法的力量复活了丈夫。

篡夺王位的塞特听说奥西里斯复活了，就偷偷地找到了他的藏身地，再次杀死了自己的哥哥。这次，塞特直接将奥西里斯的尸体丢进了尼罗河。

伊西丝再次踏上了寻找丈夫尸体的旅途。在妹妹奈芙蒂斯的帮助下，伊西丝历经了千辛万苦，终于找到并再次复活了丈夫。再次复活的奥西里斯被天上的众神召唤，做了冥界的国王。从此之后，伊西丝和奥西里斯永远生活在了一起。

许多年以后，伊西丝和奥西里斯的儿子荷鲁斯打败了塞特，替自己的父亲报了仇。

阅读与感悟

奥西里斯两次被塞特所害，失去了生命，他的妻子伊西丝没有放弃希望，努力复活了丈夫，最终他们的孩子替奥西里斯报了仇。无论多大的困难，只要我们抱有希望，有永不放弃的精神，就一定能克服困难，取得成功。

王位之争

塞特杀死哥哥奥西里斯后，把他的尸体扔在了尼罗河中。奥西里斯的妻子伊西丝在寻找丈夫尸体的过程中，生下了一个小男孩，伊西丝给他取名为荷鲁斯。

塞特听说这件事后，就派了一只毒蝎子去杀死荷鲁斯，以免夜长梦多。毒蝎子趁伊西丝不注意时钻到了荷鲁斯的襁褓中，把蝎尾上的毒钩狠狠地刺进了荷鲁斯的身体。被毒钩扎疼了的荷鲁斯发出了撕心裂肺的哭声，伊西丝以为孩子做了噩梦，就抱起孩子，一边轻轻地拍打，一边安慰着。毒蝎子趁机偷偷溜走了。

荷鲁斯的哭声越来越小，呼吸也越来越弱，伊西丝这才发觉有些不对劲。她运用法力，想让儿子恢复健康，但是这蝎子的毒性实在太强了，伊西丝想尽办法也没能救回自己的儿子。荷鲁斯的身体在伊西丝的怀中变得僵硬，他红润的小脸变成了惨白色。伊西丝发出了绝望的哭声，她紧紧地抱着孩子，将自己的脸贴在孩子身上，仿佛他还活着一般。

第二天清晨，当拉神乘坐太阳船在东方出现，洒下了第一缕太阳光时，伊西丝虔诚地向着东方祈祷："无所不能的拉神，请你让我的孩子复活吧。这是我和奥西里斯唯一的孩子，请你把他还给我吧。"

奇迹发生了，智慧神托特来到伊西丝的身边，执行拉神的命令，复活了荷鲁斯。伊西丝喜出望外地抱住死而复生的孩子，发誓再也不会让他受到任何伤害。

为了保护荷鲁斯，伊西丝将他送到了一座神秘的漂移岛上。这个小岛像一艘小船一般，会在尼罗河上四处漂荡。伊西丝将孩子托付给了好朋友阿荷拉。阿荷拉答应替伊西丝好好照顾孩子，将他抚养成人。伊西丝依依不舍地告别了孩子，再次出发去寻找丈夫的尸体。

阅读与写作

作者运用比喻的修辞手法，把小岛比作"小船"，生动形象地写出了小岛可以在尼罗河上随意漂荡的情形。

许多年以后，伊西丝和奥西里斯的孩子荷鲁斯长大了，他外表英俊，性格坚毅，是一个顶天立地的男子汉。此时，他的父亲奥西里斯已经被拉神派往冥界，做了冥界之王。得知父亲遭遇的荷鲁斯立下誓言，要不惜一切代价夺回王位，替父亲报当年之仇！

智慧神托特找到了荷鲁斯，告诉他要想报仇首先得找到代表王权的双面王冠，以及拥有强大力量的权杖和连枷。荷鲁斯踏遍了千山万水，寻遍了整个埃及，终于找到了双面王冠、权杖和连枷。他带着宝物来到了埃及南部的一座小城——布吐城。这里本来是一座宁静安逸的小城，但是在塞特的残暴统治下，这里变得民不聊生，人们苦不堪言。为了打倒塞特，百姓自发自愿地替荷鲁斯召集起了一支军队。

荷鲁斯带领着他的军队来到了塞特所在的底比斯城。战争开始前，荷鲁斯让士兵们打造了铁器，把它们装在木头柄上，制成了锋利的兵器。大战开始了，塞特使用法力把他的士兵变成了凶狠的鳄鱼和河马，荷鲁斯带着士兵们拼死厮杀，毫不退缩。战争持续了整整七年，决战的时刻终于来临了。为了帮助自己的孩子，已经变成冥界之王的奥西里斯赐予了荷鲁斯神奇的力量，将他变成了能飞的太阳圆盘。荷鲁斯飞到空中，用权杖和连枷打败了塞特，夺回了王位，成了新的埃及国王。

被夺走了王位的塞特很不服气，他向众神法庭提出申诉，请求众神将王位还给自己。塞特和荷鲁斯在终审法庭上进行了激烈的辩论。荷鲁斯对塞特说：“王位本来是属于我的父亲奥西里斯的，你用阴谋诡计杀死了我的父亲，才坐上了这个王位。这个王位本来就不属于你，我本来就是王位的继承者，现在我不过是拿回本来就属于自己的东西而已！”听了荷鲁斯的话，众神一致判决王位应当属于荷鲁斯。拉神知道塞特性格粗暴，怕留下祸根，便把他留在了身边，让他做暴风雨之神。

从此，荷鲁斯成了名正言顺的埃及国王，他将埃及治理得井井有条，人们重新过上了幸福的生活。塞特则成了拉神的太阳船上的守卫者，日复一日地守护着太阳船，在天空中巡游。

阅读与感悟

荷鲁斯打败了塞特，替自己的父亲报了仇，在复仇的过程中，许多神都帮助了他，百姓也站在他这一边。这告诉我们，只要我们心怀正义，就能赢得人心，最终赢得胜利。

我的读后感

读《世界经典神话与传说故事》有感

在这本书里，我读到了许多关于世界起源的神话。天地是谁创造的？人是怎么来的？万物是怎样产生的？这样的困惑几乎在全世界各民族发展的早期都存在。在生产力低下的远古时代，人们对身边的很多现象充满困惑，就借助幻想和揣测来解释，于是产生了种种创世神话，比如《巴比伦的创世纪》《创世主帕查卡马克》……在这些故事里，我看到了人类对大自然的崇敬。

我也读到了许多英雄的传说，例如普罗米修斯因给人类盗取火种而受罚的传说、辛格比凭借乐观和勇敢战胜北风的传说等。这些英雄敢于斗争、不怕失败、不惧牺牲的勇气让我深感佩服。他们用自己的力量战胜灾难、拯救人类的决心让我心生敬意。

在这些故事里，我看到了善良与邪恶、光明与黑暗之间的交锋。善良的人必将取得最后的胜利，光明总会战胜黑暗，这些故事给了我们希望，也让我们意志坚定。

这些神话传说是人类宝贵的精神财富，它们流传了千百年，给许许多多的人带来希望，滋养了一代又一代人。让我们一起去领略远古时代的旖旎风光，激发内心潜藏的想象力和创造力吧！